– Mentions légales –

Ceci est une œuvre de fiction. Les noms, personnages, entreprises, lieux, événements et incidents évoqués sont soit les produits de l'imagination de l'auteur, soit utilisés de manière totalement fictive. Toute ressemblance avec des personnes réelles, vivantes ou mortes, ou à des événements véridiques est une pure coïncidence.

– AVERTISSEMENT –

Ce livre romantique contient des scènes et un langage à caractère violent et/ou sexuel et est très fortement déconseillé aux lecteurs de moins de 18 ans.
L'auteur et l'éditeur déclinent toute responsabilité dans le cas où ce livre serait lu par un public trop jeune.

Livre édité et publié en France par Livres Passion
www.livrespassion.net
Imprimé par Amazon.fr

ISBN : 9798394536618

Tu ne peux pas Acheter Mon Amour

Nora H. Coyle

Chapitre 1

– Morgane –

— Morgane, tu peux me passer l'eau s'il te plait, ma puce ?

J'attrape la carafe et la tends à ma mère. Nous sommes dimanche et comme tous les dimanches, je suis venue déjeuner chez mes parents. Finalement, je n'ai pas eu le temps d'être nostalgique de ma maison d'enfance puisque que je reviens régulièrement.

— Tiens !

— Merci ma puce. Alors dis-moi, comment va le travail ?

— Ma foi, ça se passe bien. Je viens de signer un nouveau contrat pour l'optimisation SEO d'un site, je suis plutôt contente.

— Décidément, je ne comprends rien à ton boulot.

J'adore mon père mais il semble toujours sortir d'une autre époque. Il a seulement cinquante-six ans et il a toujours travaillé dans la même boite. Son univers à lui, c'est les chiffres.

Il est comptable et les merveilles de l'informatique n'arrivent pas à trouver leur chemin dans son cerveau.

— Ne t'inquiète pas papa, tu n'as pas besoin de tout comprendre.

Je lui fais un petit sourire en coin auquel il répond avec un clin d'œil.

— En tout cas moi, je suis très fière de dire que ma fille est une professionnelle d'internet.

Ah ma mère ! Le moins que l'on puisse dire, c'est que la fierté la saisit dès qu'elle parle de ses enfants. En même temps, elle a toujours été femme au foyer et notre éducation était sa priorité. Ce qui me fait penser que…

— Au fait, vous avez des nouvelles d'Hayden ?

— Oui, il a appelé hier.

— Comment se passent ses études ?

— D'après ce qu'il nous a dit, tout va bien pour lui. Ton frère est vraiment heureux en Angleterre.

— Mais quelle idée d'aller étudier en Angleterre !

— Papa, ne sois pas comme ça, il est jeune est sa fac jouit d'une réputation mondiale.

— Oui mais c'est compliqué pour le voir.

— C'est vrai, et heureusement qu'il a eu une bourse pour payer ses études, sinon on aurait eu du mal à tout financer.

— Comme tu le dis ma chérie. Heureusement que nos enfants sont indépendants maintenant.

Je remarque que mon père semble un peu triste de dire ça. Peut-être que je rêve mais j'ai vraiment l'impression que quelque chose le tracasse. Malheureusement, je n'ai pas le temps de développer, quelqu'un frappe à la porte et nous sommes plus que surpris.

— Vous attendez quelqu'un ?

Mes parents se regardent.

— Euh, non …

Un nouveau coup nous fait comprendre que le visiteur s'impatiente. Ma mère se lève et je la suis. Nous passons de la salle à manger au couloir pour enfin arriver devant la porte d'entrée. Je remarque au travers de la vitre fumée de la porte qu'il y a trois silhouettes qui attendent devant la porte. Ma mère ouvre et nous nous retrouvons devant trois hommes.

Le moins que je puisse dire, c'est que je reste interdite. Je les détaille avec intérêt. L'un a les cheveux blonds et longs avec une barbe assez longue, il doit faire dans les un mètre quatre-vingts et il est bâti comme une armoire à glace. Un autre est chauve avec une barbe brune hirsute, il doit faire dix centimètres de plus que le blond et il est encore plus imposant. Le troisième est un peu plus petit que les deux autres mais il est vraiment charpenté. Il a une coupe à l'iroquois avec des dessins tribaux sur le côté rasé du crane, lui n'a pas de barbe.

Ce qui me choque le plus, ce n'est pas vraiment leur allure mais plutôt le fait qu'ils aient tous les trois sur le dos un blouson en cuir à l'effigie des Brother Hood. Il ne m'en faut pas plus pour comprendre que nous avons affaire à des membres d'un club de bikers. Je suis un peu surprise. Qu'est-ce que ces mecs peuvent faire là ? Le grand blond nous offre un sourire ultra bright.

— Mesdames, nous voudrions parler au chef de meute.

— P-Pardon ?

Ma mère semble autant déstabilisée que moi alors que le chauve reprend :

— Oui, on est là pour Peter Pears.

Je ne sais pas pourquoi mais je ne la sens pas du tout cette histoire.

— Et pourquoi vous voulez le voir ?

—Écoute ma jolie, je ne crois pas que tu veuilles qu'on fasse un drame devant la porte en face de ce charmant voisinage. Donc le plus simple reste que tu nous laisses entrer.

Ce n'est pas notre autorisation qu'il demande puisqu'il accompagne ses mots par une main tendue qui a l'avantage de nous pousser de leur chemin. Les trois hommes rentrent à l'intérieur sous le regard dépité de ma mère et du mien.

— Peter ? Peter ?

— Mais enfin messieurs, on ne rentre pas comme ça chez les gens !

Ma mère commence visiblement à perdre son calme…

Ils l'ignorent et marchent dans le couloir en regardant dans chaque pièce, nous sommes sur leur talons et ils arrivent enfin dans la salle à manger.

— Ah te voilà mon pote ! Tu joues à cache-cache ?

Les trois hommes tirent une chaise et le grand blond chevauche la sienne. Ce qui commence à m'inquiéter est l'attitude de mon père. Il ne dit rien et pose sa tête entre ses mains alors que ses coudes sont posés sur la table.

— Alors petit cachotier, tu n'as pas parlé de nous à ta famille ?

— Papa, qu'est-ce qu'il se passe ?

Mon père ne répond rien mais devient de plus en plus blanc.

— Oui papa, explique à ta charmante fille et à ta femme pourquoi on vient vous dire bonjour un dimanche.

— Les gars, vous étiez vraiment obligés de venir ? dit mon père d'une toute petite voix. J'avais rendez-vous avec Spencer demain.

— Justement, le Prez voulait qu'on fasse un petit tour dans ta jolie maison pour prendre un peu la température.

— Peter, est-ce que tu vas enfin me dire ce qu'il se passe ici ?

— Mary, je… Je t'expliquerai plus tard.

Le chauve se met à éclater de rire. Son rire est puissant, il arrive même à faire trembler la vaisselle sur la table.

— Pourquoi attendre ? Tu veux que je lui explique ?

Mon père serre les dents et je comprends à cet instant que la situation est bien plus grave qu'on ne pourrait le croire. Qu'est-ce qu'un gang de bikers peut bien vouloir à mon père et pourquoi celui-ci ne semble pas vouloir répondre ? C'est Mister Iroquois qui met fin à notre attente.

— Notre très cher ami qui est juste là….

Il pose sa main sur l'épaule de mon père qui finit enfin par relever les yeux vers nous.

— …Il nous doit de l'argent. Il aurait dû nous rembourser il y a environ une semaine, mais ce n'est pas le cas. Pourtant il l'avait promis, vous voyez. Et nous on n'aime pas trop les menteurs…

Ma mère est stupéfaite et je vois son visage se décomposer.

— Papa, enfin dis quelque chose, c'est quoi cette affaire ?

— Ben oui, papa, tu lui expliques ?

Visiblement, Mister Iroquois trouve toute cette scène hilarante. Moi par contre pas du tout. Je tente d'analyser les yeux de mon père et ce que j'y lis ne me plait pas du tout.

— Donc voilà ce qu'on va faire. Maintenant que tu sais ce qu'il se passe quand on nous prend pour des abrutis, on va gentiment te laisser finir ton repas dominical et après tu vas nous suivre.

— Attendez, je vous ai dit que j'ai rendez-vous avec Spencer demain…

— Comme on l'a dit, on vient regarder ce qu'on va pouvoir prendre pour solder ta dette, lance Mister Iroquois en balayant la pièce du regard.

Mon père n'en mène vraiment pas large et j'ai comme le besoin de lui venir en aide.

— Attendez, qui est ce Spencer ?

Le grand blond tourne la tête vers moi et m'offre un sourire qui me donne des frissons dans le dos.

—Eh ben la p'tite, on n'a jamais entendu parler de notre Prez, Wyatt Spencer ? C'est le président de notre club, et je suis sûr qu'il se ferait un plaisir de faire ta connaissance, si tu t'intéresses tant à lui…

— Désolée, mais s'il vous ressemble alors il n'est pas du tout mon genre…

Mister Iroquois s'esclaffe et tape dans le dos du blond :

— Et, c'est qu'elle a du cran la gamine !

— Donc mon père a rendez-vous avec lui demain, c'est ça ?

—Le Prez a décidé d'avancer le rencard.

— Si j'ai bien compris, mon père vous doit pas mal d'argent mais nous n'étions pas au courant.

Ma mère semble enfin comprendre où je veux en venir.

— Oui, Morgane a raison, maintenant que nous sommes au courant de la situation, peut-être qu'on va pouvoir trouver une solution ?

Visiblement, les trois gus en face de nous trouvent la situation bien drôle.

— Vous ?

— Oui, nous. Combien est-ce qu'il vous doit ? Je dois pouvoir…

— Vingt mille dollars. Paye et on s'en ira, ma p'tite…

Vingt… Bon sang ! Je n'ai pas cette somme sur mon compte ! Mais l'important est de gagner du temps, du moins un temps suffisant pour trouver un plan.

— Ma fille ne va pas payer nos dettes mais je suis sûre qu'on peut trouver un terrain d'entente.

— Notre Prez n'est pas compliqué, soit vous payez, soit la maison sera à nous.

J'ai l'impression que je viens de faire une chute de trente étages sans parachute.

— La… La maison ?

Un regard à ma mère me fait comprendre qu'elle est aussi surprise que moi.

— C'est ce que Peter a signé comme accord avec le Prez, oui.

Je jette un coup d'œil au principal intéressé.

— Attends papa, c'est sérieux ? Mais enfin la maison vaut beaucoup plus !

Mon père a un petit tic nerveux qui lui parcourt le visage.

— Ok, je vois que mon mari a fait des siennes. Pensez-vous qu'il soit possible de prendre une petite heure voire deux et d'en parler entre nous ?

Décidément, on a l'air d'un vrai spectacle comique pour ces trois sales types. Mais je pense qu'à leur départ, on va avoir pas mal de choses à nous dire.

— Alors qu'en dites-vous messieurs ?

— Qu'est-ce qu'on dit de quoi ?

— Vous partez et nous on prend un peu de temps pour réfléchir à tout ça. D'ici la fin de la journée, on vous recontacte ?

Le chauve regarde ses deux acolytes, une pointe d'amusement dans les yeux.

— Ça peut se faire mais on va devoir mettre une petite condition.

Il se lève et s'approche de moi.

— C'est toi qui vas venir nous voir.

Je prends une profonde inspiration.

— Pardon ?

— Ce n'est pas tous les jours qu'on peut voir une aussi jolie fille…

Ma mère intervient :

— Ma fille n'a rien à voir là-dedans.

— C'est la fille du mec qui nous doit du fric donc on va dire que oui, elle a quelque chose à voir dans tout ça.

— Non, il est hors de question que je…

— Papa, maman c'est bon !

J'essaie de prendre toute l'assurance possible et de faire face au chauve qui se trouve à quelques centimètres de moi.

— Ok, je serai là mais je suis sûre que vous pouvez comprendre que nous devons trouver un plan de financement adapté.

Le gars devant moi pose sa main sur ma joue et un rictus apparait sur son visage.

— Ok ma jolie, on va y aller et vous avez jusqu'à ce soir pour venir vers nous.Si je ne te revois pas, je me ferai un plaisir de venir te chercher moi-même, ma p'tite…

Je peux deviner à la lueur dans ses yeux qu'il se fera effectivement un plaisir de revenir nous voir. J'avale un peu de salive et hoche la tête pour lui faire comprendre que j'ai bien compris. Enfin, il retire son doigt de mon visage.

— Ok les gars, on y va.

— Dommage, j'aurais bien fait un petit gueuleton avec nos nouveaux amis.

— Une prochaine fois.

Sans plus de cérémonie, les trois hommes partent en direction de la sortie. Mon cœur bat à cent à l'heure et un silence total s'installe après la fermeture de la porte. Je pousse un soupir de soulagement de les savoir partis et tourne la tête vers ma mère qui est blanche comme un linge.

— Ok Peter, il va falloir que tu t'expliques.

— Mary, attends, je vais tout te dire, mais venez vous assoir.

J'avoue que j'ai bien besoin de me sentir soutenue par quelque chose. Mine de rien, l'arrivée de ces mecs m'a beaucoup plus secouée que je ne l'aurais cru. Je me jette sans aucune douceur sur le siège qu'occupait l'un des gars il n'y a pas si longtemps. Ma mère par contre est beaucoup plus dans la retenue mais elle finit par s'assoir.

— Ok Peter, je t'écoute.

Mon père prend une profonde inspiration. Je peux voir que c'est pour se donner du courage.

— Voilà… Il y a six mois de ça, ma boite a fait un plan d'épuration du personnel. Comme j'ai cinquante-six ans, j'ai fait partie de la vague sortante.

Ma mère ouvre des yeux grands comme des soucoupes.

—Six… Six mois ?

— Oui, j'ai d'abord pensé que j'allais vite trouver autre chose et que je te le dirais à ce moment-là mais à mon âge, c'est beaucoup plus compliqué.

— Mais enfin, Peter, pourquoi tu ne m'as rien dit ?

Mon père semble tout à coup épuisé et pousse un long soupir.

—Je ne voulais pas t'inquiéter pour rien et du coup… voilà.

— Mais l'argent que tu as emprunté ?

—Je ne voulais pas que tu remarquesquoi que ce soit, alors je suis allé voir ce club de motards et pendant plusieurs mois, ils m'ont donné l'équivalent de mon salaire.

— Bon sang Peter, tu es comptable, tu as bien dû voir que cette solution n'allait pas être durable !

—Je ne savais pas quoi faire.

Personnellement, c'est autre chose qui me dérange.

— Papa, qui t'a conseillé de faire appel à eux ?

Mon père réalise tout à coup que moi aussi je suis là.

— Excellente question !

— C'est un gars avec qui je traine à l'agence pour l'emploi.

J'ai l'impression que ma mère vient de tomber dans la quatrième dimension.

—À l'agence pour l'emploi ? Trainer ?

Mon père pousse un autre immense soupir.

— Oui c'est là-bas que j'allais tous les matins.

— Et le reste de la journée ?

— Mary, est-ce qu'on a vraiment besoin de se faire du mal comme ça ?

Je peux voir que ma mère prend sur elle. Ce n'est pas le genre de femme à faire des esclandres pour rien. Mais même la femme la plus patiente du monde aurait forcément une réaction après une journée comme celle-là. Je pose ma main sur celle de ma mère pour la soutenir et lui faire sentir que je suis là.

— Maman, papa a raison, on essayera de savoir le pourquoi du comment un peu plus tard. Là, il faut qu'on trouve une solution.

De ma main libre, je sors mon portable qui était dans la poche arrière de mon jean et navigue sur l'application de ma banque.

— Ok, alors à ce jour, je peux vous passer cinq mille, on peut peut-être déjà calmer le jeu avec ça.

Mon père lève les yeux au ciel.

— Bon sang, non, Morgane, je ne vais pas prendre ton argent.

— Papa, la question ne se pose même pas, tu en as besoin et moi je me referai ma cagnotte plus tard. Donc on a déjà un quart de la somme.

— Attends, on peut peut-être leur demander d'étaler le paiement sur plusieurs semaines ?

Une larme apparait au coin de l'œil de mon père.

— Les filles, je suis tellement désolé.

— Papa, on verra tout ça plus tard.

—Je pense que je peux ramener un peu d'argent.

Je regarde ma mère effarée, elle a toujours été une femme au foyer, elle n'a jamais travaillé, comment diable pense-t-elle pouvoir se débrouiller ? Mon regard doit montrer mon questionnement.

— Ne t'inquiète pas Morgane, j'ai une idée qui va peut-être nous aider.

— Rien de ....

Avec ce que je viens d'apprendre, je commence à me poser des questions sur la manière dont mes parents réfléchissent en temps de guerre. Un sourire vient illuminer le visage de ma mère.

— Morgane, je ne suis pas ton père, je te promets qu'il n'y a rien d'illégal.

Malgré moi, je ne peux empêcher un petit rire de sortir de mes lèvres alors que mon père lève les yeux au ciel.

— Bon, tu me diras pour ton idée. En attendant, je peux probablement faire rentrer environ deux mille pour la semaine prochaine. Donc le mieux, c'est d'aller voir le fameux « Prez » et lui proposer un remboursement à deux mille plus les cinq mille.

Mon père et ma mère acquiescent.

— Effectivement, c'est pas mal comme compromis.

Mon père parait tout à coup mal à l'aise.

—Par contre Morgane, il ne faut pas que ton frère l'apprenne ! Tu le connais…

Je médite les paroles de mon père. C'est vrai qu'Hayden est légèrement impulsif mais il faut tout de même lui parler, non ? Je veux dire, c'est un problème familial après tout, et puis peut-être qu'Hayden a de l'argent de côté ?

— Papa, je ne suis pas convaincue que tenir Hayden en dehors de cette histoire soit une bonne idée.

— C'est peut-être la première fois depuis le début de la journée que je suis d'accord avec ton père.

— Mais maman…

— Non je suis sérieuse, Morgane, je te remercie pour ton aide et pour le reste, mais ton frère est trop impulsif. On ne sait pas comment il pourrait réagir et on ne connaît pas bien les gens en face.

Il faut bien reconnaitre que mon frère est très immature sur les bords mais aussi très protecteur envers nous. De plus, c'est vrai que nous ne connaissons pas exactement le clan adverse. Mais j'avoue que j'hésite.

— Papa, maman, Hayden est un grand garçon.On devrait peut-être essayer de lui faire plus confiance ?

— En d'autres circonstances je serais d'accord avec toi ma puce mais là, on n'a ni le temps ni l'énergie nécessaire pour le gérer. Donc s'il te plait, comprends la situation et ne lui dis rien.

— Ok ça va, je ne lui dirai rien mais on va tous devoir y mettre du nôtre.

— Je ne voyais pas les choses autrement.

Mon père n'a pas l'air très à l'aise.

— C'est-à-dire que… enfin….

— Qu'est-ce qu'il y a Peter ?

— Eh bien j'ai essayé de trouver un emploi mais pour l'instant, c'est le calme plat.

— Mon chéri, je pense qu'on va devoir te trouver d'autres activités.

Elle lui prend la main avec un sourire rassurant. Mes parents sont ensemble depuis plus de trente ans et leur amour est toujours aussi fort qu'au début. Quelque part, j'envie cette alchimie entre eux. Mais ce n'est pas le moment de s'attendrir. Loin de là !

— Ok, bon, on a une stratégie. Maintenant, on va aller voir cette bande et trouver une solution.

— Bien parlé, ma fille. Mon chéri, où trouve-t-on ce club ?

Mon père ne réfléchit pas plus de trente secondes.

— Ils ont leur quartier général dans ce bar, l'Angel Snake.

Ma motivation perd un peu de sa superbe.

— Le bar à l'entrée de la ville ?

— Oui.

— Super !

Ce bar est connu pour être un repaire de mecs violents où de nombreux abus sont régulièrement rapportés.

— Ma puce, je viens avec toi.

J'ai envie de rire. Ma mère est moi mesurons chacune un mètre soixante-quatre. On est ce qu'on appelle des petits modèles et visiblement, bras dessus bras dessous, on s'apprête à aller dans le bar de voyous par excellence. Je crois que ma journée ne pouvait pas être plus imprévisible.

— Ok, on y va ?

— Attendez, je viens avec vous.

— Non mon cœur, toi tu restes ici et si c'est possible, tu pourrais débarrasser la table ?

Mon père semble complètement choqué par la phrase de ma mère.

— Attends, t'es sérieuse ?

— Oh que oui, il est grand temps que les femmes de cette famille reprennent les choses en main.

J'espère que tout ira bien dans le meilleur des mondes. En attendant, y a plus qu'à. Bon sang, dans quelle histoire on va se mettre, ma mère et moi ?

Chapitre 2

– Tyler –

Wyatt a un grand sourire sur le visage lorsque je rentre dans l'Angel Snake. J'ai encore mon casque à la main et Teddy sur les talons. Je me doute que quelque chose se prépare au vu de l'attitude de mon président. Je pose mon casque sur la première table que je vois et avance vers le Prez.

—Salut Wyatt.

— Ah voilà mon second, Tyler.

Ouais je confirme, quelque chose se prépare et je ne suis pas sûr que ça va me plaire.

— Mon grand, je suis ravi que tu arrives.

—Dis-moi tout.

—Je viens d'avoir le Prez des Viper de Mexico. Aldo et Fred sont revenus tout à l'heure et c'est bon, on a un accord.

Il me donne une grande claque dans le dos, visiblement ravi de la tournure des événements.

— Et comment réagissent les Russes ?

— Pas très bien, fils. D'ailleurs, on risque d'en voir un ou deux débarquer mais le gros de l'affaire est en place.

Les Viper traitaient avec une branche de la mafia russe jusqu'à très récemment. Il y a fort à parier que les Russes ne vont pas accepter qu'on leur vole aussi facilement le marché de plusieurs milliers de dollars.Ça plus la surveillance de Brown qui devient de plus en plus oppressante, j'ai bien peur que la situation ne dérape rapidement.

— Et Brown ?

— Ce petit connard de flic ? T'inquiète, j'ai la situation en main. Mais je veux que tu sois celui qui va gérer la transaction avec les Viper.

Je suis le vice-président du club et le deal avec les Viper est l'un des plus importants qu'on ait depuis pas mal de temps. On parle quand même de cinquante kilos de cocaïne pure toutes les semaines. Il va falloir se rapprocher de nos vendeurs, voir pour le système de diffusion et la manière la plus sûre d'acheminer la coke. Bref, ça va être un gros bordel, c'est normal que Wyatt me veuille sur le coup, même si moi en ce moment, je suis en plein questionnement.

Le club, c'est toute ma vie, Wyatt m'a pris sous son aile quand j'étais encore en dernière année de lycée et il a été le père que je n'ai jamais eu. Ma mère était une loque vivante shootée à l'alcool et à la drogue et elle ne s'est jamais occupée de moi. Quand Wyatt est rentré dans ma vie, il m'a posé des limites, une famille dans le club des Brother Hood et une vie. Une vie pour laquelle je me pose de plus en plus de questions.

— Ok, pas de soucis, je prends Teddy avec moi.

Il esquisse un nouveau sourire.

—Je ne voyais pas les choses autrement. Tu as à peu près un mois pour planifier la première livraison avec Teddy et les

Viper, je te fais confiance, fils. Avec ce deal, on devient les premiers sur Riverfront. Donc prépare bien ton coup.

Des éclats de voix se font entendre dans la salle. Mes frères ont vraiment l'air survoltés ce soir. Je jette un coup d'œil dans la salle et vois un rassemblement dans le fond.

— Qu'est-ce qu'il se passe ?

— Oh pas grand-chose, les gars ont besoin de se détendre.

— Et du coup ?

— Ils viennent d'organiser une petite séance improvisée avec des gars du coin.

Les cris se font de plus en plus forts et les gars frappent dans leurs mains, une partie semble complètement hilare.

— Bon, fils, prends un verre et détends-toi, tu pourrais peut-être rejoindre tes frères et profiter du spectacle.

Wyatt ponctue sa phrase en me donnant une tape dans le dos une nouvelle fois. Il fait un geste à une jeune fille très peu vêtue qui visiblement ne demande pas mieux que de le suivre. Il se met sur le coin du bar et la jeune donzelle se scotche dans ses bras, les lèvres déjà dans son cou.

Je fais un signe au barman qui comprend immédiatement et m'apporte un verre de whisky sec. Le liquide ambré me brûle légèrement la gorge, c'est mon premier verre de la journée et il me faut un peu de temps pour me mettre dans le bain. Je reprends une gorgée mais les bruits qui viennent du fond de la salle me rendent de plus en plus curieux. Je délaisse donc mon verre et m'approche de mes frères.

Les gars sont survoltés et la tension est palpable. Je me rapproche d'Ugo, un grand gars chauve baraqué comme une montagne. Il a trois ans de plus que moi et je le connais depuis mon arrivée dans le club. Il rit de bon cœur. Je lui donne une claque sur l'épaule et regarde le spectacle qui s'offre à moi.

— Merde, c'est qui ces mecs ?

Au centre du regroupement de mes frères, je vois Marvin et Greg, deux frères qui s'en prennent à trois gars qui semblent être à peine majeurs. Ils semblent en difficulté, ils ont du sang plein le visage et semblent ne pas pouvoir marcher. Mes frères se les envoient de l'un à l'autre et dès que l'un essaye de lever les bras, il se prend de violents coups dans le visage.

—C'est rien, des petits merdeux qui voulaient trouver le grand frisson.

— Mais encore ? Je veux dire, vu leur état…

— Ils sont entrés ici pour tenter de trouver de l'alcool, des filles et de la baston. Ils ont trouvé de l'alcool et de la baston.

Je crois comprendre que ces mecs sont, comme beaucoup d'autres, venus pour se frotter aux Brother Hood. Mais là, ça tourne au carnage. Malgré moi et sans vraiment tout connaitre de l'histoire, je prends mon ton autoritaire.

— Ok les gars, mettez-moi ces trois tordus dehors.

Les gars sont visiblement déçus de mon ordre.

— Putain Tyler !

— Les gars, avec Brown sur nos talons, on n'a pas besoin de plainte pour agression sur des petits bourges de merde.

Les huées s'élèvent mais mes frères savent que je fais ça pour notre bien à tous. Ugo attrape l'un des gars par le col, le gars a un œil fermé et du sang qui coule de sa bouche, je ne remarque que maintenant qu'il a un blouson d'une université du coin. Ok ! Je vois le genre, des petits fils à papa qui voulaient se frotter aux grands méchants bikers. Marvin et Greg s'occupent de jeter dehors les deux autres, qui ne sont pas dans un meilleur état que le premier.

En quelques secondes, le bar a retrouvé son atmosphère traditionnelle. La musique reprend de sa ferveur, les filles qui sont présentes se déhanchent ou se pendent aux bras de certains de mes frères. Oui, à l'Angel Snake, l'ambiance est caliente ou violente. C'est notre monde, celui qu'on a choisi, celui qui mêle liberté et borderline. Oui, on est des frères, on est unis mais j'avoue que le côté hors la loi commence à me peser. J'ai envie de pouvoir sortir sans regarder derrière moi, de pouvoir aller où je veux sans me méfier des gens qui m'entourent.

Ugo vient s'assoir à côté de moi et fait un signe au barman. Rapidement, une bière arrive sur le comptoir.

— Vous étiez vraiment obligés de les mettre dans un tel état ?

— Tyler, détends-toi, on rigolait c'est tout.

Teddy se pointe derrière moi avec une des filles à son bras.

—Je suis d'accord avec Tyler, c'étaient des gosses.

— Ils sont venus et ont commencé à nous chercher en voulant se mesurer à nous.

— On n'a pas besoin de prouver quoi que ce soit à qui que ce soit.

Un sourire sur le visage, Ugo prend une gorgée de son breuvage.

— Enfin voilà, sinon vous avez fait quoi aujourd'hui ?

Je pose la question plus pour faire la discussion qu'autre chose. Du coin de l'œil, je vois que Wyatt part dans son bureau avec la fille qui était avec lui.

— Waouh mon gars, si tu savais.

Une lueur étrange brille dans les yeux d'Ugo. Ça pique ma curiosité.

—Dis-moi.

— Mec, j'ai rencontré un ange aujourd'hui.

J'ai envie de rire.

— Un ange, rien que ça ?

— Ouais, écoute, Wyatt nous a envoyés récupérer de l'argent aujourd'hui.

Il n'est pas très compliqué de savoir où ils étaient.À l'heure actuelle, on a qu'un seul mec qui nous doit du fric. Ce n'est pas un mauvais bougre, c'est juste un petit vieux qui ne comprend pas vraiment où il a mis les pieds.

— Le comptable, c'est ça ?

— Ouais, on y a été, Marvin, Fred et moi et là, mon gars, on est arrivés en plein repas de famille, et on a rencontré la fille du mec.

Je peux dire qu'Ugo est tout émoustillé par le souvenir de cette jeune fille. J'avoue que ça m'amuse.

— Ah oui ?

— Putain mon gars, cette nénette, c'est pas le genre de fille qui traine avec nous normalement, tu vois.

Il pointe du doigt la fille au bras de Teddy. C'est une très jolie blonde avec des formes vertigineuses, elle a probablement les seins refaits et elle ne porte qu'une robe très courte rouge qui dévoile la plus grosse partie de son corps. C'est vrai qu'on est très loin de l'image de l'ange, le côté blond peut-être.

— Elle n'est pas super grande, mais putain, mon gars, elle a un truc de fou.

— Et sinon vous avez récupéré l'argent ?

— Tu penses, le gars n'avait rien dit à sa femme et à sa fille. Du coup elles nous ont demandé un délai.

— Laisse-moi deviner tu as dit oui si elle venait en personne ?

— Tu me connais trop bien, mon frère !

—Et qu'est-ce qu'en dit Wyatt ?

— En gros, la dette est pas super importante mais c'est une question de principe, donc tant qu'on récupère pas l'argent, on gère comme on veut.

—Je vois.

— Mon frère, j'en suis à me dire que je mettrai moi-même l'argent de la dette si la belle est d'accord pour un petit cinq à sept avec moi.

—T'es qu'un gros pervers mon gars.

Il rigole de bon cœur.

— Ouais j'avoue.

—T'es sûr qu'elle vaut une partie de jambes en l'air à vingt mille dollars ?

Il réfléchit un instant.

— Bon, peut-être un peu plus pour ce tarif.

Eh ben dis donc, cette fille ça doit être quelque chose pour réussir à faire réfléchir Ugo sur la possibilité de solder la dette à sa place.

— Elle doit vraiment avoir un truc pour que tu parles comme ça.

Un sourire vient se planter sur son visage alors qu'il regarde l'entrée du bar.

— Tu vas me le dire, frère.

Il pointe la porte du doigt et je vois deux femmes entrer. Elles sont collées l'une à l'autre, visiblement très mal à l'aise entre les filles qui se déhanchent et les mecs qui les acclament. Il me faut un moment pour me remettre de ma vision. Putain, Ugo m'avait prévenu mais ça fait toujours un choc de voir un ange descendre du ciel. Elle est superbe, c'est une petite brune aux yeux verts, semblables à ceux d'un chat. De là où je suis, je peux, malgré sa chemise ample et son jean large, deviner qu'elle a des formes toutes douces et naturelles. Merde ! Si je m'attendais à ça ! Mon cœur rate un battement et il me faut quelques instants pour pouvoir respirer encore une fois.

— Bon Tyler, j'y vais.

Ugo me ramène à la réalité. Il est hors de question que ce mec gère ça. En fait, il est hors de question que n'importe quel homme dans cette salle s'approche d'elles. Elle est à moi.

— Attends, je vais m'occuper de ça.Va me les chercher.

Ugo semble complètement choqué par ce que je viens de dire.

— Attends, quoi ?

Je suis le vice-président des Brother Hood. Même si nous sommes tous plus ou moins au même niveau, Ugo sait que si je dis quelque chose, il n'a pas le droit de le remettre en doute. Je lui lance un sourire en coin.

—J'ai jamais été très impliqué dans la religion, il est peut-être temps que je parle avec un ange.

On ne va pas se mentir, je vois bien qu'Ugo est dégouté que je fasse usage de mon pouvoir sur lui pour une fille. Mais je ne me fais pas de souci pour lui. D'ici environ une heure, il en aura probablement trouvé une autre et ne pensera plus à la superbe brune.

— Tu fais chier, Tyler !

Il part en direction des deux femmes en boudant. C'est toujours hilarant de voir une montagne comme lui faire le gosse. Je ne sais pas pourquoi j'ai réagi comme ça. C'est la première fois que je m'attire les foudres d'un frère pour une fille. Alors que je la vois avancer vers moi complètement terrifiée, j'ai comme une évidence qui me parcourt. Et si c'était elle ? Si c'était elle qui pouvait changer le baroudeur que je suis ?

Les deux femmes se placent devant moi, ne sachant pas comment agir. Teddy est toujours là, mangeant la bouche de sa partenaire de soirée.

— Mesdames.

Je leur montre les deux tabourets devant moi.

— Non ça ira.

Celle que je considère comme un ange a une voix douce et mal assurée.

— Comme vous voulez, mais avant d'aller plus loin dans notre conversation, je peux savoir à qui j'ai affaire ?

La plus âgée des deux femmes me répond.

— Je suis Mary Pears et voici ma fille Morgane. Nous venons suite à la visite de vos… afin de trouver un terrain d'entente pour notre… euh… dette.

Il est évident à la façon dont leurs yeux parcourent la salle qu'elles n'ont pas du tout l'habitude de ce genre d'endroit. Cela dit, je souris intérieurement, maintenant que je connais le nom de celle qui me perturbe.

— Donc mes amis sont venus vous voir aujourd'hui.

— Oui, mais nous n'étions pas, ma fille et moi, au courant de la situation. Maintenant que c'est chose faite, nous voudrions trouver un accord avec votre supérieur.

Mon supérieur ? Elles se croient dans une banque ou quoi ?

— Mon supérieur ne va pas gérer cette histoire, c'est moi qui vais m'en occuper.

Je vois un soupir de soulagement s'emparer de la mère, Mary si j'ai tout bien suivi.

— Vous voulez dire que nous n'aurons à traiter qu'avec vous, c'est bien ça ?

— Oui madame.

— Nous n'aurons donc plus à parler avec ce grand mec chauve qui est venu à la maison et qui nous a reçues ce soir ?

Ah Ugo et son sens de la drague ! Il a dû faire forte impression pour que cette femme qui a le courage de venir ici avec sa fille soit soulagée de ne pas le revoir.

— Non, vous n'allez dealer qu'avec moi. Enfin si votre deal m'intéresse.

— C'est une bonne chose, cet énergumène avait un regard dérangeant sur ma petite puce.

— Maman, je crois que ce monsieur s'en fout.

Morgane semble ne pas vouloir me regarder, elle parait même un peu troublée par ma présence. Je le suis aussi mais je refuse que mon trouble se voie.

— Donc mesdames, avez-vous l'argent ?

Cette fois, c'est Morgane qui monte au créneau.

— Alors je peux vous faire un virement maintenant de cinq mille dollars.

Cette fois, je n'arrive vraiment pas à me retenir de rire.

— Un virement ?

Putain, elles me prennent vraiment pour la banque du coin. Morgane me regarde, perplexe.

— Ok fillette, ici on deale avec du cash, pas avec des promesses ou des virements bancaires.

Elle se mordille la lèvre et semble réfléchir à ce qu'elle vient de dire.

— Je suis désolée mais pour avoir une si grosse somme en espèces, il va me falloir au moins deux jours le temps de prévenir ma banque.

— Très bien. Et pour le reste de la somme ?

— Alors on avait pensé, ma mère et moi, à vous proposer une somme hebdomadaire.

— Je vous écoute ?

—Deux mille par semaine.

Je manque de m'étouffer avec mon verre. Sérieux, elles peuvent se permettre de solder presque toute la dette en environ sept semaines ? Mais pourquoi ce mec est venu nous trouver s'il a une famille aussi unie derrière lui ? Je crois qu'il va falloir que j'enquête sur eux. Je reporte mon regard sur Morgane et oui, c'est sûr qu'il va falloir que j'enquête sur elle. En plus, j'aimerais vraiment savoir pourquoi elle ne me regarde pas dans les yeux.

— Normalement on demande des frais de retard…

Mary et Morgane deviennent toutes blanches et je peux voir leur complicité dans leur regard. Mère et fille, deux photocopies avec environ vingt-cinq ans d'écart, c'est presque troublant. Bon, il est temps que je lâche la pression.

— Je veux bien faire une exception dans votre cas.

Morgane, toujours les yeux ailleurs que sur moi, pousse un grand soupir.

— Merci.

— Mais l'argent doit être ici tous les samedis en début de soirée. Et c'est votre fille qui l'amènera.

— Ma fille ? Mais pourquoi ?

— Madame, ne le prenez pas mal mais si on vous voit, vous, ici, les gens pourraient parler. Alors que votre fille, Morgane c'est ça ?

— Euh… oui.

— Les gens du coin se diront juste que cette charmante jeune femme veut juste… Disons, découvrir de nouvelles expériences.

Je ponctue mes mots avec un petit clin d'œil à l'attention de Morgane. Sa mère parait choquée.

— Vous n'auriez pas plutôt la possibilité de venir chez nous ?

— Vous n'avez pas peur que vos voisins appellent la police s'ils voient tous les soirs des bikers se pointer chez vous ?

— Je préfère que les voisins se fassent des idées sur moi plutôt que de laisser ma fille venir tous les samedis dans un endroit comme celui-ci. Ne le prenez pas mal, monsieur.

Ça ne m'arrange pas, je voulais profiter de ses venues du samedi pour en apprendre un peu plus sur elle et peut-être réussir à créer une certaine proximité qui me permettrait de la séduire.

— Ça ne se passe pas comme ça, madame. Avec tout mon respect, ce n'est pas à nous de venir réclamer ce que vous nous devez.

Un petit silence passe entre nous. Je dois vraiment avoir l'air d'un connard fini pour insister comme ça. Mais de ce que je vois, Morgane n'est clairement pas le genre de fille qu'un mec comme moi peut approcher, voire même qui peut espérer l'intéresser. Mon seul moyen d'arriver à capter son attention est cette histoire de dette.

— Très bien. Je viendrai tous les samedis en fin de journée.

— Morgane !

— Maman, calme-toi, je suis sûre qu'il ne m'arrivera, rien n'est-ce pas ?

C'est la première fois qu'elle enfonce ses yeux dans les miens depuis le début de notre conversation. Putain, elle est belle, vraiment belle.

— Rien que tu ne voudras, tu as ma parole.

— Parfait, du coup pour les cinq mille, je fais comment ?

— Il me semble que notre accord concerne simplement les deux mille par semaine.

Si je refuse les cinq mille, je gagne un peu de temps supplémentaire avec elle.

— Parfait, c'est l'heure d'y aller alors, merci pour votre accueil, Tyler.

Sans plus un mot, les deux femmes font demi-tour et sortent du bar. Ugo est déjà dans les bras d'une autre femme et Teddy toujours occupé dans les bras de sa blonde. C'est là que ça me choque. À aucun moment je n'ai mentionné mon nom. Comment diable est-ce qu'elle le connaît ? J'attrape Teddy par l'épaule.

— Mec, tu as entendu ?

Il met une bonne seconde avant de comprendre de quoi je parle.

— Quoi, la brune qui vient de sortir ?

— Oui la brune, elle connait mon nom.

— Et ?

— Et je ne lui ai pas donné à un seul moment.

— C'est peut-être un autre gars qui lui a dit ?

Je tourne la tête de droite à gauche en signe de négation.

—Non mec, elle est venue direct devant moi, Teddy, cette meuf est…

— Oui, je sais Ugo a déjà signalé son appartenance au milieu angélique.

— Teddy, cette fille me connait !

— Et alors, ce n'est pas la première sur qui tu serais passé.

Si j'avais déjà couché avec cette fille, je m'en rappellerais. Il y a des choses que je ne comprends pas ici.

— Teddy, il va falloir que tu me rendes un service.

Cette fois-ci, mon acolyte et meilleur ami se concentre sur moi.

— Ok dis-moi, mon frère ?

— Je veux que tu suives cette meuf et que tu me donnes un maximum d'infos sur ce qu'elle fait et que tu arrives aussi à trouver des infos sur elle, son passé...

— La totale quoi.

— Ouais.

— Elle t'a vraiment tapé dans l'œil on dirait.

Elle a plus que ça, non seulement elle m'a vraiment plu mais maintenant elle m'intrigue et je veux tout savoir d'elle. Je ne sais pas pourquoi mais j'ai vraiment l'impression que je suis au début d'une sacrée histoire. Mais est-ce que ça sera une romance ou un thriller psychologique ? J'en sais rien. Mais je suis sûr que ça va être un plaisir de le découvrir avec ma petite brune.

Chapitre 3

– Morgane –

Alors que je roule en direction de la maison de ma meilleure amie, le film de l'après-midi me revient en tête. Franchement, j'ai du mal avec toute cette histoire du début à la fin. J'ai déposé ma mère il y a environ dix minutes mais je dois admettre qu'elle m'a bluffée. Elle a accusé le coup de manière calme et posée sans se plaindre. Elle n'a pas plaint mon père non plus mais elle a su garder l'esprit calme et concentré.

Je n'aurais jamais cru revoir Tyler et encore moins dans ce genre de cas. Bon sang mais qu'est-ce qu'il s'est passé ? Je tapote mes doigts sur le volant alors que je suis en stand-by au feu rouge. Je crois que je vais devenir folle parce que je suis presque sûre que la voiture blanche derrière moi me suit. Ce qui ne peut définitivement pas être le cas. Si je devais être suivie, ça serait certainement par un gros biker au regard lubrique et non par un pick-up Toyota.

Le feu passe au vert et je redémarre. Décidément, je suis complètement perturbée par cette histoire et je décide de me concentrer sur la route. J'ai besoin de voir Emma. C'est ma meilleure amie depuis la fac et lui parler me fera du bien. Je lui ai juste envoyé un sms en déposant ma mère et je n'ai toujours aucune réponse. J'espère qu'elle est là. La route jusque chez elle n'est qu'une longue ligne droite qui borde des maisons identiques.

Emma habite dans un lotissement de classe moyenne avec des petites maisons blanches aux jardins bien entretenus. Ce qui ne gâche rien, c'est que c'est ma voisine à deux maisons près. Non seulement c'est ma meilleure amie, mais c'est aussi une collaboratrice occasionnelle. Nous travaillons toutes les deux dans la rédaction web et il nous arrive d'avoir le même client en même temps afin de finir plus vite les gros contrats. C'est donc naturellement que nous avons décidé d'habiter dans la même rue. Un, afin d'être opérationnelles pour travailler ensemble et deux, afin d'avoir une vie sociale qui est plus que bienvenue quand après plusieurs heures à travailler sur notre ordinateur nous ne savons plus comment parler au reste du monde.

J'arrive enfin devant la maison de mon amie, il est presque dix-neuf heures et le soleil commence à se coucher, nous sommes fin mars et les températures à cette heure sont toujours assez élevées. C'est l'avantage de vivre à Riverfront. Il fait vingt-cinq degrés alors que je descends de ma voiture, que j'ai gentiment garée dans l'allée. Je lance un regard vers ma maison et sur la rue. Plus de pick-up blanc et ma maison baigne dans le calme absolu. Je pousse un soupir de soulagement et m'avance vers la petite maison blanche avec sa devanture soignée et ses pots de fleurs verdoyants. Une chose qu'Emma arrive à faire beaucoup mieux que moi. Oui, elle a la main verte et moi j'arrive même à faire mourir un cactus.

Je monte les trois marches qui me séparent de la porte d'entrée et frappe deux coups sur la porte. Il ne faut pas plus d'une minute à Emma pour l'ouvrir en grand.

— Morgane, je suis surprise…

Je ne lui laisse pas le temps de développer et m'écroule dans ses bras. Je pense que le contrecoup de ce que je viens de découvrir m'a plus secouée que je ne l'aurais cru. Je ne pleure pas mais je m'accroche à elle comme une naufragée qui s'accroche à sa bouée de sauvetage.

— Mais qu'est-ce qu'il se passe, ma belle ?

— Je peux entrer ?

Emma se pousse de la porte et me laisse le passage, me montrant son canapé juste derrière elle. Son entrée se fait directement dans un coquet salon, meublé dans les tons beige marron. Une grande ouverture donne sur la salle à manger qui donne sur la cuisine. À l'étage se trouve son bureau, sa chambre et la salle de bain. Nos maisons sont identiques à part que la mienne est meublée dans les tons noir et rouge. Je m'échoue royalement sur le canapé avec mes mains sur mes genoux.

— Tu veux que je t'apporte un truc à boire ?

— C'est la meilleure proposition de la journée.

— Alors attends, ta journée a été pourrie à quel point ?

— Sur une échelle de un à dix ?

— Oui.

—Douze voire treize.

— Ok, j'ai ce qu'il faut.

Elle part dans la cuisine alors que je jette ma tête sur le dossier et revois en boucle la journée. J'ai tout de même du mal à reconnaitre que Tyler est aussi beau, voire plus qu'à l'époque. Merde, je nage en pleine dimension parallèle et je repense aux yeux noirs et intenses de ce fantasme sur pattes. Comme si c'était le moment. Vraiment, mais à quoi je pense ?

Emma revient dans le salon avec une bouteille de vodka, du jus de pomme, deux verres et un paquet de chips. Malgré la situation, je souris, ravie de découvrir qu'elle a toujours notre kit de première urgence sous le coude. Emma s'assoit à côté de moi et nous sert un verre. Une fois que j'ai pris une énorme gorgée et elle aussi, elle me regarde intensément.

—Ça va mieux ?

— Pour être honnête, j'ai beaucoup de mal à croire ce qu'il vient de se passer.

Je reprends une gorgée et savoure le gout sucré de ma potion magique préférée.

— Ok, mais je vais avoir du mal à t'aider si tu ne me dis rien.

Je soupire et réalise à quel point elle a raison.

— C'est une longue histoire…

— C'est par rapport au boulot ?

— Non, c'est mes parents.

Emma semble se calmer légèrement.

— Si ça vient de tes parents, ça ne peut pas être bien grave.

Un éclair d'inquiétude passe sur son visage.

—À moins que… est-ce que l'un de tes parents a une maladie incurable ou un truc du genre ?

— Non, pas du tout.

— Ils ont été attaqués ? Volés ? Frappés ?

Je la regarde presque sous le choc.

— Bon sang non !

Elle se détend complètement.

— Alors ça ne peut pas être si grave, Morgane. Je veux dire, tes parents sont des gens adorables et tranquilles.

Je tente de me mettre à sa place une seconde. C'est vrai que de l'extérieur et même de l'intérieur, je suis la fille d'un comptable et d'une femme au foyer. Certes mes parents sont parfois originaux, mais sur le principe,ce sont des gens rangés, équilibrés et stables, l'image parfaite du rêve américain moyen.

— Si seulement tu savais, Emma.

— Justement Morgane, ça serait peut-être bien que tu me dises ce qu'il se passe !

Je reprends une énorme gorgée de ma boisson.

— C'est mon père, il a… j'ai même du mal moi-même à réaliser.

— Il a quoi ? Ne me dis pas qu'il a trompé ta mère, je n'y croirais pas une seule seconde, tes parents sont un modèle d'amour pour la nouvelle génération.

— Non, bien sûr que non, il n'a pas trompé ma mère, mais ne sois pas si sûre que ma famille est si clean que ça.

Emma continue à se torturer pour trouver ce qui peut être si grave.

— Je n'arrive tout simplement pas à comprendre ce qu'il se passe. Je ne vois vraiment pas ce que tes parents peuvent avoir fait de si grave.

Je pousse un énorme soupir. J'ai l'impression d'avoir passé ma journée à souffler. Mais Emma a raison, le suspens a assez duré.

— Emma, mon père a perdu son boulot il y a environ six mois.

Elle ne parait pas comprendre l'ampleur de la situation.

— Ok, c'est emmerdant, mais…

— Pour le cacher, il a emprunté une forte somme d'argent à un club de bikers et maintenant ils veulent qu'on les rembourse.

Emma me regarde les yeux écarquillés et prend une énorme gorgée de sa boisson avant de nous resservir.

— Merde alors !

— Comme tu dis.

— Sérieux, ton père comptable a cru bon d'aller fricoter avec des gros méchants bikers ?

— C'est ça.

Elle part dans un franc rire sonore.

— Alors ça, si on me l'avait dit, je ne l'aurais jamais cru.

— Je ne vois vraiment pas ce qu'il y a de drôle dans tout ça.

— Je sais, je suis désolée, c'est juste que ton père… enfin tu vois… Avec ses pantalons à pinces et ses chemises toujours nickel… Enfin tu comprends ?

Je repose mon verre sur la table et me prends la tête entre les mains.

— Oui, je sais. J'ai pensé pareil quand j'ai vu débarquer trois mecs avec des blousons en cuir estampillés du nom de leur club. Bon sang Emma, tu aurais dû voir la scène.

—Excuse-moi, c'est tellement irréel ! Je veux dire, je connais tes parents depuis environ quoi, dix ans ?

— En gros.

— Jamais je n'aurais pu imaginer ton père avec ce genre de mecs.

— Je suis d'accord avec toi, tu ne peux pas t'imaginer comme ma mère et moi on a été surprises. Surtout quand il nous a dit que c'est un gars de l'agence pour l'emploi qui lui a dit d'aller voir ces mecs. Enfin, c'est un monde parallèle.

L'alcool commence à me monter au cerveau. Suffisamment pour que j'arrive enfin à me détendre. Emma pose une main sur mes épaules.

— Je suis désolée, je ne voulais pas rire.

— Oh t'inquiète, je sais.

—Dis-moi, combien vous devez à ses mecs ?

—Vingt mille.

Elle prend une grosse inspiration.

— Ok, la situation n'est pas top, je suis d'accord, mais si on regarde de plus près, ce n'est pas non plus impossible. Tu as combien de côté ?

— On est déjà allées voir les mecs et on a trouvé un arrangement.

— Super, alors vous en êtes où ?

— J'ai proposé à Tyler de lui rembourser cinq mille tout de suite et deux mille par semaine, mais il a dit que deux mille par semaine seraient suffisants.

— Attends… Tyler ?

— Oui, visiblement c'est le vice-président de ce club et il m'a dit que c'est lui qui s'occupe de la dette de mon père, ce qui m'arrange parce qu'il a l'air moins dangereux que les autres.

— Allô, Morgane, tu appelles l'un de ces mecs par son petit nom ?

C'est vrai que je connais Emma depuis la fac et qu'elle ne connaît pas Tyler.

— Oui enfin non…enfin c'est que…

— C’est que quoi ? Ce Tyler est un ex à toi ? Ou un copain de collège ?

— Si on veut. Tyler est plus âgé que moi, mais on était dans le même lycée.

Je ris toute seule en réalisant ce que je m’apprête à lui dire.

—À l’époque, on était toutes plus ou moins amoureuses de lui, c’était… tu vois… le bad guy hyper sexy du bahut, je ne faisais bien sûr pas exception à son fan club.

Elle éclate de rire et je suis presque sûre que l’alcool n’y est pas pour rien.

— Eh ben voilà, tu l’as ta solution. Tu vas voir ce mec, tu use de tes charmes et fin de l’histoire.

Ok, maintenant je suis sûre que c’est l’alcool qui lui fait dire des bêtises pareilles.

— Sois sérieuse Emma !

— Quoi ? Imagine, toi et le beau biker, une soirée torride et plus de dette. En plus, le prends pas mal mais ça va faire un petit moment que tu n’as pas… enfin… bon appelons un chat un chat, que tu n’as pas fait crac crac boom boom.

— Emma, qu’est-ce que ça a à voir dans tout ça ?

Elle essaye de reprendre un peu de son sérieux.

— C’est vrai, excuse-moi. Mais dis-moi, qu’en dit ton frère ?

Je reprends une gorgée.

— Mais parents ne veulent pas qu’il soit prévenu.

Emma prend un temps qui me parait une éternité.

— Note, je les comprends.

— Ah oui, ehbien tu fais mieux que moi, parce que je pense qu’à vingt-cinq ans, Hayden est prêt à entendre que sa famille a des problèmes et pourrait peut-être nous aider.

— D'un côté je comprends mais de l'autre, j'avoue que le connaissant, je comprends aussi la décision de tes parents.

— Merde, ce n'est plus un bébé !

Ma tête commence doucement à tourner. C'est la première fois depuis le déjeuner chez mes parents que j'arrive à me détendre un peu. Je sais que notre kit de première urgence n'est pas ce qu'il y a de mieux à faire lorsqu'on a des problèmes mais il faut bien que je lâche la pression.

— Morgane, je t'adore et tu le sais, j'aime ta famille plus que la mienne et tu le sais aussi. Mais reconnais que Hayden est franchement immature. On dirait un gosse bloqué dans un jeu sur les chevaliers. Il est vraiment trop, comment dire… ?

— Impulsif ?

— C'est ça.

Je la regarde et elle me retourne l'attention. Le moins que l'on puisse dire, c'est que notre petite soirée improvisée commence à porter ses fruits et l'ambiance est de plus en plus détendue.

— Bon, parle-moi plutôt de ce biker… C'est quoi son nom déjà ?

— Tyler, ma puce, Tyler, qu'est-ce que tu veux que je te dise sur lui ?

— Ben je ne sais pas, après toute cette histoire, vends-moi du rêve. Tu as dit que c'était un bad boy sexy ?

— Oh punaise, tu verrais le morceau.

Elle écarquille les yeux trois fois plus qu'au moment où j'ai annoncé que mon père avait une dette.

— Tant que ça ? Allez décris-le-moi.

— Tu sais, le genre un mètre quatre-vingts, baraqué, les cheveux et les yeux noirs, une petite barbe de trois jours.

— Oh oui, je vois, le genre qu'on adore toutes.

— C'est ça, maintenant en plus de l'école, il a une aura dangereuse, plus virile, plus mature.

— Oh je vois, il transpire l'homme, c'est ça ?

—Ouais, c'est un vrai, je dois reconnaitre que j'ai eu du mal à le reconnaitre.

— Et lui ?

— Quoi lui ?

— Il t'a reconnue ?

— Euh… Bonne question détective Myers, je n'en sais rien.

De toute façon, je ne vois pas vraiment comment il aurait pu me reconnaitre ? Il était en dernière année et moi en première, j'avais un appareil dentaire et des lunettes que je n'ai plus. J'étais plate et un peu en surpoids, contrairement à aujourd'hui. En plus, j'avais pas mal de problèmes d'acné. En bref, j'étais l'ado typique américaine.

— Franchement, je n'ai plus rien à voir avec la jeune fille en surpoids et boutonneuse de l'époque.

— Saloperie d'adolescence qui nous met dans des états pas possibles.

J'éclate de rire.

— C'est ça, miss pom pom girl.

— Ma belle, oui, j'étais pom pom girl à l'époque mais ça ne veut pas dire que j'étais bien dans ma peau. Je me cachais sous des tonnes de maquillage et puis même avec une super silhouette, tu crois que c'est facile d'être rousse dans notre monde ?

—J'en sais rien, j'ai toujours été brune.

— Mes temps sombres sont plus au collège, mais bref, assez parlé de moi. On va faire quoi pour ton biker ?

Une petite lueur lubrique apparait dans ses yeux.

— Ben on paye.

— Donc tu n'envisages pas le remboursement en nature ?

— Emma, plus sérieusement, ce mec est un voyou, mais il reste encore hors de portée pour une fille comme moi.

— On en revient toujours à la même chose avec toi. Tu n'as pas confiance en qui tu es ni combien tu es canon, ma fille, c'est navrant.

— Tu sais quoi, je vais te faire une confidence et demain, je mettrai tout sur le compte de l'alcool.

— Oh ouais vas-y, je suis toute ouïe.

— Effectivement, je ne dirai pas non si Tyler me proposait un rendez-vous ou un truc du genre, même si je sais que c'est un bad guy, biker et tout le reste. Mais je crois que cette possibilité n'est pas envisageable et puis je me vois mal sortir avec un mec à qui mon père doit de l'argent.

— Tu sais quoi, je te comprends. Et puis fantasmer sur ce genre de type, ce n'est pas plus mal que d'aller plus loin.

— Sinon concrètement, un truc est sûr. Je dois lui apporter deux mille dollars samedi.

— Tu as de quoi ?

— Oui, entre mes contrats de la semaine dernière, ceux de cette semaine et mon petit pécule, ça devrait le faire. Mais par contre, je n'aurai plus une seconde à moi cette semaine.

— Si tu as besoin…

— Ne le dis même pas, je ne me vois pas te demander de l'argent.

— Mais tu sais que si c'est nécessaire tu peux, ok ?

— Je sais, tu es comme une sœur pour moi.

— Tu as eu le fameux contrat ?

— Oui, en plus le salaire est plutôt pas mal.

— Si tu as besoin de mon aide.

Ma bouche commence à être pâteuse et les effets de l'alcool sont bien plus présents que je ne le voudrais.

— Pour l'instant je crois que je vais aller m'aider dans mon propre lit.

Emma me regarde avec un grand sourire.

— Ma belle, ça faisait longtemps qu'on n'avait pas autant bu, c'est vrai.

—T'as raison, depuis la fac peut-être.

— Faut dire qu'on a plus vingt ans non plus.

— C'est clair, on est des vieilles.

On éclate de rire toutes les deux.

— Justement, je vais te parler avec la sagesse de la vieille que je suis.

— J'écoute, mamie Myers ?

— Oh mais la sale traitresse, on a le même âge !

— Yop, ça fait de moi la deuxième mamie sur ce canapé ce soir.

— Ce n'est pas mieux !

— Bon alors, ce conseil ?

— On ne devrait vraiment pas aller jusque chez toi.

— Tu dis ça comme si j'habitais à l'autre bout du monde.

— Non, je sais, tu es juste en face mais le truc c'est que tu devrais rester ici ce soir, regarde.

Elle soulève la bouteille pour me montrer le peu qui reste à l'intérieur.

— Il nous reste peut-être genre deux verres dedans, qu'est-ce que tu en dis, on finit, tu dors sur mon canapé et demain à la première heure, on bosse sur tes deux mille dollars, c'est bon pour toi ?

Après tout, je crois que l'idée d'Emma est la meilleure.

— Ok ma fille, mais mieux vaut pour toi que tu aies ce qui est nécessaire pour demain matin.

Elle pose une main sur son cœur et lève l'autre proche de son oreille.

—Je jure sur ce que j'ai de plus précieux au monde que j'ai du café et du paracétamol.

— Et ?

— Et que je m'occupe des œufs brouillés et du bacon.

— C'est bon, alors je te suis pour cette petite soirée de débauche improvisée.

Nous partons toute les deux dans un grand fou rire. Cependant, un petit coin de ma tête se demande ce que fait un certain grand brun avec un charme fou en cette fin de soirée. Est-ce qu'il est toujours au bar ? Est-ce qu'il a pris une des filles légèrement vêtues qui s'y trouvaient pour rentrer à la maison ? Ou est-ce qu'il pense peut-être un peu à moi aussi ?

Je ferais mieux de finir cette bouteille et de laisser les brumes de l'alcool emmener loin de mon cerveau toute idée étrange qui pourrait germer à cet instant.

Chapitre 4

– Tyler –

— Allez mon frère, laisse-moi m'occuper de cette affaire.

— Merde Ugo, ce n'est pas possible, ça fait une semaine que tu me gonfles avec ça.

— Quoi ? J'ai vu cette gonzesse avant toi, j'ai le droit de m'occuper de ça.

— Qu'est-ce qui t'arrives, Ugo ? Tu as peur que ta sale gueule ne rivalise pas avec celle de Tyler ?

On est samedi, il est dix-neuf heures et je suis à l'Angel Snake avec Wyatt, Teddy et Ugo. Nous avons déjà commencé notre petite soirée avec quelques bières et pour la millième fois, Ugo revient à la charge concernant Morgane. J'aurais pourtant juré qu'il aurait lâché l'affaire depuis le temps, surtout avec l'aide de quelques filles à nous qui le scotchent. On a pas mal de filles qui tournent autour de nos gars, je suppose qu'elles recherchent le grand frisson. Trainer avec les grosses méchantes brutes du coin, je devine que c'est grisant.

En tout cas, les gars rigolent suite à la sortie de Teddy mais moi, personnellement, je ne trouve plus ça drôle. En fait, je trouve la situation fatigante. Ugo n'a aucune chance avec Morgane, c'est évident, mais son envie de se rapprocher d'elle m'énerve au plus haut point. Je ne suis d'ordinaire ni possessif ni même jaloux. Mais Morgane a réveillé un truc en moi, je ne veux pas qu'Ugo ou que n'importe quel mec tourne autour d'elle. Surtout en ce moment où elle est si vulnérable. Qu'elle veuille de moi ou non, je ne veux pas savoir que ce type de gars tourne autour d'elle et utilise sa fragilité du moment pour abuser d'elle.

— Merde les gars, essayez de comprendre, je l'ai vue en premier.

—Justement Ugo, si tu lui avais tapé dans l'œil, on le saurait.

Il lève les bras au ciel, comme excédé par la situation.

— Mais merde les gars, vous savez comment sont les filles ? Des fois, il faut juste leur montrer la voie de la raison.

Wyatt et Teddy éclatent une nouvelle fois de rire devant le visage implorant d'Ugo. Pour moi, cette conversation a trop duré.

— C'est moi qui m'occupe de ce cas un point, c'est tout. Alors va faire un tour auprès des nénettes qui trainent ici et laisse-moi gérer.

Wyatt se gratte la gorge, attirant ainsi notre attention à tous.

— Ok mes frères, on ne va pas aller plus loin dans cette conversation. Tyler s'occupe de collecter cette dette, un point c'est tout. En plus Ugo, je te rappelle que ce soir tu dois partir avec Marvin récupérer la recette de nos gars dans le quartier West donc tu n'as pas le temps pour ça.

— Mais Prez....

— Fin de la discussion.

Wyatt me lance un clin d'œil en coin. Une bonne chose de faite. Ugo parait déçu mais si le Prez le dit alors qu'il en soit ainsi.

— D'ailleurs Ugo, Marvin t'attend dehors, tu devrais y aller.

— Ok Prez.

Sans plus de cérémonie, Ugo attrape sa bière et la termine avant de partir, relativement énervé par tout ça.

— Vous êtes vraiment des gosses.

— Eh, j'y suis pour rien moi.

La tête indignée de Teddy nous arrache un nouveau rire.

— Bon, ce n'est pas tout ça, les gars, mais j'ai un entretien téléphonique avec Ricardo des Viper. Je veux vous voir tous les deux après ça.

Notre voix est en duo.

— Oui Prez.

Wyatt part en direction de son bureau. Je sais que tout ce remue-ménage l'amuse plus qu'il ne voudrait le dire. C'est pas tous les jours qu'une petite bonne femme vient se mettre entre ses gars. J'attends qu'il soit assez loin pour refaire signe au barman pour nous resservir. Une fois que c'est fait, je me tourne vers Teddy.

— Alors ?

Je lui avais demandé de se renseigner sur Morgane et je pense qu'il a pris sa mission au sérieux parce que je ne l'ai presque pas vu de la semaine.

— Alors ?

Il fait mine de ne pas comprendre ce que je lui dis et prend une nouvelle gorgée de bière.

— Oh c'est bon Teddy, accouche !

Bon sang, ce mec a beau être mon meilleur ami, parfois il me sort par les yeux.

— Ok c'est bon mais avant, je veux juste savoir pourquoi tu es aussi obsédé par cette meuf. Sérieux, ce n'est pas comme si tu en avais besoin. Tu es une légende ici, le Lucky Luke de la capote, le tombeur absolu, pourquoi tu t'intéresses à elle ?

Bonne question.Peut-être parce qu'elle n'appartient pas à ce monde, peut-être parce que je veux tout arrêter et avoir une vie rangée ? Sérieux, je n'en sais rien mais oui, si je ne fais pas quelque chose rapidement, je vais finir obsédé par elle. Pour toute réponse, je hausse les épaules.

— Franchement Tyler, parfois je me dis que tu devrais consulter.

Je suis surpris par sa requête.

— Consulter ?

— Ouais, un psy ou un truc du genre. Bref, oui, j'ai fait des recherches sur elle.

— Et ? Je dois vraiment te tirer les vers du nez ?

Il me sourit de toutes ses dents, le même sourire qu'il avait quand on était au lycée et qu'il voulait emmerder les profs.

— Alors putain, Teddy ?

— Ok c'est bon, calme-toi. Elle s'appelle Morgane Pears.

— Merci Sherlock, si c'est tout ce que tu as….

— Mais laisse-moi finir mon petit numéro.

Bon sang, qu'il m'énerve quand il joue avec ma patience. Je lui fais un signe pour qu'il continue.

— Elle a vingt-neuf ans et elle est rédactrice web.

— Elle est quoi ?

— En gros, elle s'occupe d'écrire des articles et des dossiers sur internet afin de faire progresser les sites, elle s'occupe aussi de leur référencement SEO et…

— Ok, arrête de me faire une fiche métier.

— Attends, son taf est super intéressant.

— Si tu le dis.

— Bref, puisque monsieur s'en fout, passons à l'essentiel, elle est célibataire depuis deux ans, d'ailleurs de ce côté-là on ne peut pas dire qu'elle soit très active.

— Comment ça ?

— Elle a eu genre trois mecs dans sa vie et à chaque fois, c'est elle qui est partie pour une raison ou pour une autre.

— Ok, quoi d'autre ?

— Sa meilleure amie s'appelle Emma, c'est une fille tranquille avec un tempérament de feu et je t'avoue que son look sauvage vaut largement celui de ta dulcinée.

— Bon ok, j'ai compris, tu trouves la copine tentante, mais encore ?

— Son frère s'appelle Hayden, il suit des études de marketing en Angleterre, et ah oui, elle était au même lycée que nous.

Je reste bloqué sur cette information.

— Attends, elle était avec nous ?

— Elle a deux ans de moins donc je suppose que l'année de notre départ, elle venait d'arriver.

Je n'ai pas le temps d'approfondir la conversation plus que ça car je vois enfin Morgane entrer dans le bar. Comme la dernière fois, elle a l'air plus que perdue dans ce lieu qui est loin de son monde habituel. Mais en plus, je remarque des cernes sous ses yeux. Teddy suit mon regard et semble comprendre ce qu'il se passe.

— Ok mec, je te laisse, on reparlera plus tard.

Il me met une claque dans le dos mais à cet instant, mon attention est ailleurs, à seulement quelques pas de moi. Morgane réalise enfin ma présence et, un peu plus sûre d'elle-même, se rapproche de moi. Sans la quitter des yeux, j'attrape mon verre et en bois une grosse gorgée. J'ai l'impression de sentir son odeur avant même qu'elle ne soit à quelques centimètres de moi.

Elle jette une enveloppe sur le comptoir. De mon côté, je ne bouge pas.

— Voilà, comme promis.

Je la regarde dans les yeux et pas une minute, je ne regarde le précieux sésame qu'elle vient de jeter nonchalamment sur le comptoir.

— Le compte y est ?

— Vous pouvez compter.

Un petit sourire se dessine sur le coin de mes lèvres.

— Pourquoi tu me donnes du vous ?

Elle parait surprise par ma remarque mais ne se démonte pas.

— Parce que nous ne sommes pas proches.

Je fais un geste pour lui montrer le tabouret devant moi et m'assois sur celui qui se trouve derrière moi.

— Si ça ne vous dérange pas, je préfère rentrer.

— Je te rappelle que je dois compter la somme.

Je saisis l'enveloppe avec une lenteur calculée. Elle scrute chacun de mes mouvements.

— Ça va prendre longtemps ?

— Je ne suis pas très doué pour ça.

S'il le faut, je passerai les prochaines heures à recompter cet argent, mais il est hors de question qu'elle parte comme ça. Je prends le premier billet de cent dollars et le pose sur le comptoir.

— Un.

Je porte mon doigt à ma bouche pour l'humidifier et toujours très lentement, je prends le deuxième, le regarde d'un côté puis de l'autre et le pose sur le comptoir.

— Deux.

Je pense qu'elle a compris que je ne la laisserai pas partir si facilement et elle finit par s'asseoir.

— Bon sang, mais à ce rythme ça va durer des heures !

— Y a des chances, tu devrais prendre un truc à boire.

Je fais signe au barman qui immédiatement ramène un verre de bière qu'il dépose devant elle.

— Tu devrais te détendre, tu as vraiment une sale tête aujourd'hui.

— Je vous remercie, c'est très galant ce genre de truc.

Je prends sur moi pour ne pas éclater de rire et reprends un autre billet.

— Trois.

— Nom de dieu Tyler, je suis crevée !

Je repose l'enveloppe sur le comptoir et la regarde plus amusé que jamais.

— Nous y voilà, j'avais bien entendu la dernière fois.

— De ?

— Tu me donnes du vous en disant ne pas me connaitre, mais tu connais mon nom alors que je ne te l'ai pas donné.

Morgane pousse un soupire d'exaspération.

— Ok oui, je connais votre nom, toute la ville le connaît.

— Pas les filles de bonne famille qui travaillent dans la rédaction web, aux dernières nouvelles.

Elle attrape le verre de bière et en boit la moitié d'une seule traite.

— Comment vous savez pour mon boulot ?

— Comment tu sais pour mon nom ?

Elle me regarde droit dans les yeux et je peux voir un voile d'or parcourir ses yeux verts.

— Je pense que vous…

— Si tu en es à m'appeler par mon petit nom, tu peux me dire tu.

— Ok, donc je pense que tu ne t'en rappelles pas mais oui, on s'est déjà croisés, mais non tu ne me connais pas.

— Je sais déjà qu'on était au lycée ensemble.

— Ensemble est un bien grand mot.

J'attrape mon verre et en bois un peu.

— Vas-y, développe.

Elle rougit légèrement. Je suis curieux d'en savoir plus.

— Ben tu sais quoi ?

— Non je ne sais pas mais je suis curieux de savoir.

— Tu étais le bad boy à cette époque, toutes les filles te connaissaient et avaient un crush sur toi.

Effectivement, je me souviens que j'avais comme une petite cour d'admiratrices mais ce n'était pas vraiment dans mes priorités. À vrai dire, je n'avais pas de priorités à l'époque.

— Et tu faisais partie de ces filles ?

Son attitude embarrassée m'en dit suffisamment. Mon sourire en coin s'élargit. Alors comme ça, j'ai déjà troublé Morgane. Si j'avais su à l'époque, j'aurais peut-être creusé dans cette direction.

— Bon tu finis de compter ?

— Tu as bien cinq minutes non ?

— Je t'avoue que je suis vraiment fatiguée, j'ai bossé dur toute cette semaine.

— Tu veux revoir notre accord ?

Elle semble surprise que je lui fasse cette proposition. Maintenant que je sais qu'elle avait un crush sur moi, je pense que nous laisser un peu plus de temps pour nous découvrir devrait réveiller quelque chose chez elle, ou pas, mais en tout cas, ce n'est peut-être pas très honnête de ma part mais tant qu'elle nous devra de l'argent, j'aurai une raison de la voir et une chance de la séduire.

— Non, non, plus vite ça sera fini, plus vite ma famille et moi pourrons passer à autre chose.

— Ce n'est pas bon de te mettre dans un état pareil, je peux descendre ta dette de moitié si tu veux ?

— Pourquoi ?

Pour te voir plus souvent ! J'ai envie de lui crier le fait qu'elle me plait et que je veux en savoir plus mais je me vois mal le faire au Angel Snake et devant mes frères. Non, je préfère prendre mon masque de sale voyou au début.

— Je veux récupérer le fric que ton père me doit, donc comme on dit, pour aller loin, il faut ménager sa monture.

— Très classe.

— De quoi ?

— Ta comparaison entre moi et une monture est très subtile.

J'éclate de rire.

— J'ai toujours eu le don d'utiliser les mots.

— Je vois ça.

— Écoute, je te propose de diminuer la somme de moitié pour que ce soit plus facile pour toi, tu peux dire oui, comme tu peux dire non, je te rassure, il n'y a pas de traquenard là-dessous.

— J'ai du mal à croire que tu fasses ce genre de faveur gratuitement.

— Qui sait, peut-être que sous ce blouson se cache un prince charmant qui veut juste aider la princesse en détresse.

Elle sourit et pendant un instant, j'oublie tout le reste mais ses paroles me ramènent vite à la réalité.

— Non, je n'y crois pas.

— Ou peut-être que je veux abuser de ton temps pour te séduire. Qui sait, plusieurs options s'offrent à toi.

Depuis la seconde où je l'ai vue rentrer, j'ai su que ça ne serait pas facile de gagner sa confiance et encore moins d'atteindre son cœur.

— Le deal c'est quoi ? Je couche avec toi et je gagne du temps supplémentaire pour rembourser ? Et si je rentre dans ta combine, je gagne quoi ? Une réduction.

La demoiselle semble vraiment prendre ma proposition pour un coup fourré. Bon, il faut bien reconnaitre que je ne suis pas tout blanc et que je tente effectivement un mouvement vers elle. Oui, ce genre de fille est trop bien pour moi mais comme on dit, qui ne tente rien n'a rien.

— Tu sais, tu as déjà séduit l'un de mes frères qui serait presque prêt à te faire cadeau de la dette contre une petite soirée avec toi.

Elle prend une autre gorgée et me regarde dépitée.

—T'es sérieux ?

— Et comment ! Si ça t'intéresse, je lui en fais part…C'est le grand mec chauve qui est venu chez toi.

— Alors c'est comme ça que ça marche chez vous ?

— C'est-à-dire ?

— Une nénette arrive et vous la monnayez contre sa dette en vous la refilant entre vous ?

Je ne réponds rien parce qu'il faut bien reconnaitre que ça peut parfois fonctionner comme ça. Parfois, quand la fille endettée est mignonne.

— Et si je décide de coucher avec tous tes frères comme tu dis, qu'est-ce qu'il va se passer ? Vous effacez la dette de mon père et vous me foutez une médaille sur le cul pour dire que je suis une bonne monture ?

Je retiens une nouvelle fois un gros fou rire et endosse mon costume du parfait connard.

— Si tu veux, je peux demander au Prez mais je suis sûr que ton idée va plaire à beaucoup de mes frères.

Morgane me lance un regard noir, boit son verre d'une traite et se lève. Clairement, je n'ai plus l'habitude de parler avec une fille comme elle. Je tends le bras pour la rattraper.

— Attends une seconde.

— Quoi, tu veux me donner encore une bonne idée sur l'utilisation de ma personne ?

— L'idée vient de toi.

— Comme c'est pratique ! Tu sais quoi, mieux vaut vraiment te connaitre de loin.

— Ça va, écoute, je t'ai fait cette proposition de diminution de dette juste pour que tu aies le temps et que tu ne te tues pas au travail, ok ?

Elle me regarde des pieds à la tête.

— Ben tiens, un vrai scout qui prend soin de son prochain.

Elle est vraiment marrante. Je fais comme elle et me lève. Notre différence de taille la force à lever la tête et j'en profite pour passer ma main sur sa joue. Contrairement à ce que je pensais, elle ne se défend pas. Au contraire, elle parait troublée par mon geste. J'avoue qu'il a été soudain même pour moi. Je suis surpris par ce contact. Sa peau est encore plus douce que je ne l'aurais pensé. Je réalise alors qu'elle a vingt-neuf ans, pas de maquillage, et pourtant elle est radieuse. Elle a un charme de fou mais tout au naturel.

— Choisis tes ennemis, Morgane, ou du moins apprends à les reconnaitre. Je n'en suis pas un, loin de là, je veux juste te faciliter la vie pour éviter…

Ma main remonte sur son visage et mon pouce vient se poser sur le petit cerne sous son œil gauche.

— Ce genre de désagrément.

C'est très faible mais j'ai l'impression qu'un frisson la parcourt. Est-ce qu'il est possible qu'elle ressente déjà quelque chose pour moi ou est-ce juste le souvenir de son attirance d'ado ? Je n'en sais rien mais j'aime bien la savoir réactive à mon toucher.

— Très bien, je te dirai ce que j'ai réussi à faire comme somme la semaine prochaine.

Sans attendre, elle fait demi-tour mais parait encore moins assurée qu'à son entrée. Un sourire de débile s'affiche sur mon visage alors que je ne rate pas une seconde de sa sortie. Une main sur mon épaule me rappelle que je ne suis pas seul.

— J'avoue qu'elle est pas mal.

Je me retourne et découvre Wyatt, mon sourire débile est toujours accroché à mes lèvres.

— Tu baves presque, fils.

Cette fois, je le relâche, ce satané rire qui n'a pas arrêté de vouloir sortir depuis tout à l'heure.

— Reconnais qu'il y a de quoi.

— J'ai appris à me méfier des filles trop belles pour être vraies. J'ai entendu ton deal.

— C'était juste un petit arrangement pour lui faciliter la vie.

— Je te rappelle que c'est son paternel qui nous est redevable, pas l'inverse.

— Je sais mais elle n'y est pour rien.

Wyatt a une lueur malicieuse dans les yeux.

— Ok, Tyler je te fais confiance. Tant que je récupère les thunes, je me fous du temps que tu prends et même qui me les donne.

— Tu m'en vois ravi.

— Juste, fais attention de ne pas te brûler les ailes. Tu sais, j'en ai vu des frères qui sont tombés amoureux de petites bourgeoises bien sous tous rapports.

Wyatt a toujours su attirer mon attention.

— Et ?

— Tu connais beaucoup des nôtres qui sont partis ?

Je réfléchis un instant, hormis les frères morts au combat, je n'en connais pas. Du coup, je secoue la tête de manière négative.

— C'est parce qu'il n'y en a pas, mon frère. Ils ont tous compris qu'un biker reste un biker et leur petit rêve brune, blonde ou rousse, n'était que de la poudre ou yeux.

— Toutes les femmes ne sont pas les mêmes.

— Toutes celles qui réussissent à travers notre milieu, oui !

Je ne sais pas exactement ce que Wyatt entend par là mais c'est clairement un avertissement. Moi qui suis prêt à partir à tout moment, je me demande s'il n'a pas un peu raison finalement. Mais si j'ai envie de le vivre, moi, ce rêve éveillé ?

— Enfin, tout ça pour te dire, amuse-toi comme tu veux et avec qui tu veux. Tant que je récupère mon blé, ce n'est pas mon problème mais ne mets pas trop d'espoir dans cette aventure.

— Je…

— Ici tu es le loup et elle la brebis, si tu veux jouer les grands seigneurs et payer sa dette, c'est pas un souci pour moi, mais n'oublie pas qu'à la base, elle est juste là pour rembourser. Vous n'êtes pas du même monde et si les chemins de son père et de notre club ne s'étaient pas croisés, tu ne l'aurais pas rencontrée.

Je hoche la tête pour lui faire comprendre que j'ai bien compris. Après tout, un mec comme moi ne peut que fantasmer sur une fille comme elle. Je dois garder en tête qu'elle ne me regarde peut-être que comme un moyen de payer la dette de son père. Je retourne la tête vers le chemin qu'elle a emprunté il y a moins de dix minutes. Et si j'étais autre chose pour elle ?

Chapitre 5

– Morgane –

Je descends de ma voiture, réajuste mes lunettes de soleil et avance vers la maison de mon enfance. On est dimanche et c'est l'heure de mon petit passage hebdomadaire chez mes parents. Mais cette fois-ci, je n'ai pas dormi de la nuit. Je n'ai pas arrêté de penser à Tyler, à notre conversation, à sa main sur ma joue.

Merde ! Ça y est, ça recommence. Il faut absolument que je me sorte ce mec de la tête. Je crois que je suis célibataire depuis trop longtemps pour être troublée par un mec comme ça. Je veux dire, c'est évident que Tyler est un voyou. Dieu seul sait dans quoi il trempe. Je n'ai clairement pas la place pour un mec comme lui dans ma vie. Au lycée oui, j'avais un crush sur lui, mais quelle ado n'a pas eu le béguin pour le mauvais garçon du coin ? On fantasme cinq minutes, il ne nous remarque pas et puis fin de l'histoire. Mais aujourd'hui, je suis une adulte calme et stable dans la vie, je n'ai vraiment pas besoin d'être troublée par un mec comme lui.

Perdue dans mes pensées, je n'ai pas réalisé que je suis déjà devant la porte de mes parents. Je frappe deux fois et mon père vient m'ouvrir. Lui aussi a l'air fatigué. Il regarde rapidement derrière moi avant de me prendre dans ses bras.

— Morgane, je suis tellement content de te voir.

Je lui rends son câlin.

— Ça va toi ?

— Oui, bien sûr. Rentre, ta mère t'attend.

Mon père me laisse rentrer et claque rapidement la porte derrière nous. J'avance sans même en enlever mes lunettes de soleil. La journée est lumineuse et la maison de mes parents l'est tout autant. Une vague de fatigue se fait sentir. Bon sang de Tyler qui m'a tenue éveillée toute la nuit. Pour être honnête, ce n'est pas lui mais mes idées insensées.

J'arrive dans la salle à manger et me vautre littéralement sur la chaise.

— Tu veux boire quelque chose ?

— Un café bien noir s'il te plait.

Mon père part rapidement dans la cuisine. J'entends des bribes de conversation puis la machine qui se lance. Ma mère déboule rapidement.

— Oh ma chérie ! Tu es là.

J'ai à peine la force de sourire qu'elle se jette sur moi.

— Alors dis-moi, qu'est-ce qu'il s'est passé hier soir ? Et puis c'est quoi ces lunettes ?

Je suis surprise de la vivacité de ma mère qui m'enlève mon seul rempart envers le soleil. Il me faut quelques secondes pour ajuster ma vue. Je suis presque choquée de la voir aussi radieuse.

— Maman ? Waouh tu as l'air… tu as l'air… en pleine forme !

Mais qu'est-ce qu'il se passe ? Mon père et moi sommes au bout de notre vie alors qu'elle, elle qui normalement est la plus terre-à-terre, a l'air vraiment bien dans ses pompes.

— Oh, attends !

Elle part en trombe vers le couloir, j'entends des bruits de tiroirs et des claquements de portes. Mon père revient avec un café à la main et le place juste devant moi. Rien que l'odeur m'aide à me sentir mieux.

— Merci papa.

Je n'ai pas le temps de demander quoi que ce soit que ma mère, telle une tornade, revient dans la salle à manger et dépose une enveloppe devant moi.

— Qu'est-ce que c'est ?

— Une enveloppe, tu le vois bien.

— Oui merci maman, j'ai vu, mais c'est quoi ?

— Ben ouvre, tu verras.

Je suis trop fatiguée pour me mettre à discuter avec elle, je décide donc d'ouvrir cette fichue enveloppe. J'avoue que la vue de tous ces billets a vite fait de me réveiller. Ma mère est plus excitée que jamais. Elle frappe dans ses mains.

— Maman, c'est quoi tout cet argent ?

— C'est le paiement de la semaine prochaine.

— Mais comment ?

Mon regard passe de mon père à ma mère, je ne comprends absolument rien.

— Quoi, maintenant vous avez emprunté à la mafia russe ?

Ma mère tire une chaise et s'assoit dessus.

— Ne sois pas ridicule, Morgane.

Ridicule ? Elle se fout de moi ? Si on en est là, c'est bien parce que mon père a voulu se la jouer Son of Anarchy en allant prendre du fric au club de Tyler. Je me mets une claque mentale. Il faut que j'arrête tout de suite de penser à mister beau gosse.

— J'ai lancé mon propre business !

— Quoi ?

Ok, en une semaine j'ai traversé la quatrième dimension, il faut que je trouve la porte spatio-temporelle pour rentrer chez moi.

— Voilà, il était hors de question que je laisse ma fille se débrouiller toute seule avec cette dette. Alors la semaine dernière, quand tu m'as ramenée de ce bar, le…

— Angel Snake.

— Oui, voilà. Je me suis assise à la table et j'ai fait une liste de ce que je savais faire et de ce que je ne pouvais pas faire.

Je regarde mon père, complètement déconcertée, celui-ci acquiesce.

— Moi je regardais les annonces mais quand j'ai vu ta mère faire, je l'ai rejointe.

— Oui, enfin bref, je me suis souvenue que pas mal de nos amis nous demandaient souvent où j'achetais mes gâteaux ou encore mon ragoût, tu sais celui avec les carottes et…

— Oui, je vois et alors ?

— On a décidé avec ton père qu'on allait inverser les rôles pendant un temps. Lui tiendra la maison et moi j'ai appelé tout mon carnet d'adresses pour leur proposer mes services de traiteur.

J'en reste baba, jamais je n'aurais cru que ma mère puisse faire un truc pareil. Attention, ma mère est une perle en cuisine mais jamais je n'aurais cru qu'elle puisse faire un truc aussi waouh !

— Attends, tu es en train de me dire que tu as gagné deux mille dollars en vendant des petits gâteaux et des ragoûts ?

— Alors non pas tout à fait, une partie oui, peut-être cinq cents dollars.

— Mais et le reste ?

— Ce sont les dix pour cent d'acompte que j'ai perçus pour les réservations d'événements.

— Pardon ?

— Oui, avec ton père, on a calculé ce qu'il va me falloir pour préparer les événements qu'on m'a demandés de faire et le reste est dans l'enveloppe. Bon après attention, je vais avoir un mois chargé, j'ai un mariage, tu sais pour la fille des Harper ? Après j'ai l'anniversaire de madame Brantford et aussi celui de Colins.

— Attends maman, tu es vraiment devenue traiteur ?

— Oui et quand j'aurai terminé les événements, je reviendrai avec l'équivalent d'une semaine de paiement donc entre toi et moi, dans environ trois ou quatre semaines, on aura fini de tout rembourser et pour la suite, ton père aura du temps pour retrouver un bon boulot.

— Maman, c'est incroyable !

— De quoi ?

— Franchement tu m'impressionnes. Je savais que tu étais pleine de surprises mais jamais je n'aurais cru que tu pourrais créer ta propre entreprise de traiteur en une semaine et devenir rentable.

— Merci ma puce mais je n'ai fait qu'appeler mes connaissances. Donc on va pas non plus crier victoire si vite. Bon alors, raconte-moi ce qu'il s'est passé dans ce club hier, tu as une mine affreuse, ils ne t'ont rien fait n'est-ce pas ?

Je ne sais pas comment ma mère arrive à parler aussi vite.

— Non tout s'est bien passé, j'ai fait le premier versement à Tyler.

— Ah oui, je n'ai pas eu le temps de te demander la semaine dernière, mais tu avais l'air de connaitre ce jeune homme.

Si je le connais ? Oh que oui, je croyais avoir réussi à me débarrasser de mon crush pour lui et je viens juste de réaliser que, ben non.

— Vite fait, il était en terminale quand j'étais en seconde, il était un peu connu au lycée.

— En même temps, de toute cette clique, c'est celui qui avait l'air le plus, comment dire… le plus convenable.

— Oui si on veut.

— Au moins, lui ne te regardait pas comme si tu étais un morceau de viande prêt à être dévoré sur place.

— Charmant.

— Mais c'est vrai.

— Enfin bref, il nous propose un petit allègement des mensualités mais entre ce que j'ai donné et ce que tu as fait, on est bons pour les trois prochaines semaines.

— Mesdames, on pourrait peut-être tout leur donner en avance ?

Rembourser plus vite signifie ne plus me retrouver en tête à tête avec Tyler, ce qui pourrait être une bonne idée pour mes hormones et mon mental. Mais d'un autre côté, je n'aurai plus de raison de le voir et la question profonde est de savoir si vraiment je le veux.

Merde ! Morgane, reviens à la réalité, bien sûr que c'est ce qu'il faut faire.

— Tu sais Morgane, ton père à raison, sans avoir touché à tes économies, on en est déjà à quatre mille dollars. À ce rythme, dans cinq semaines c'est terminé et je t'avoue que ça sera super de ne plus te savoir là-bas.

Un bruit à la porte nous interrompt dans nos réflexions. Instantanément, un silence lourd de sens emplit la pièce. Les événements de la semaine dernière sont encore trop frais dans nos esprits à tous les trois. Un autre coup nous signifie que la personne derrière la porte d'entrée s'impatiente.

— Ok, cette fois, c'est moi qui y vais.

— Papa, attends. Je commence à les connaitre, je vais y aller.

— Ça suffit Morgane, je suis la personne qui nous a mis dans cette situation, c'est à moi d'aller les voir.

— Vous arrêtez tous les deux, on va y aller en famille, exactement de la même manière dont nous gérons toute cette affaire depuis le début.

Ma mère a raison, on doit faire face et voir ce qu'il se passe encore.

— Vous me promettez que vous n'avez pas emprunté d'argent à la mafia russe ?

— Arrête avec ça Morgane.

Nous nous levons comme un seul homme et avançons vers la porte. Mon père est en tête de file, suivi par ma mère et enfin moi. Dire que nous ne sommes pas rassurés est un euphémisme. Ce que je ne comprends pas, c'est pourquoi venir nous voir. Après tout, nous avons respecté notre accord, pourquoi revenir nous harceler à la maison ? Et pourquoi

Tyler qui m'a dit que je pouvais baisser les mensualités reviendrait à la charge ? Bien sûr, je ne verbalise pas mes pensées car la tension est à son comble dans notre couloir et mes parents n'ont pas besoin de mes interrogations. Le murmure de ma mère me fait comprendre que nous sommes plongés en plein univers parallèle.

— Vous pensez qu'on devrait prendre un truc pour se défendre ?

Je lève les yeux au ciel à la remarque de ma mère.

— Pour l'amour de Dieu, maman, tu veux te défendre avec quoi ? Une poêle ? Une casserole ?

— Mesdames, du calme.

Mon père a déjà la main sur la porte. C'est le moment où nous allons découvrir ce qui nous attend derrière cette porte mais je ne suis pas sûre d'être prête pour ça. Mon père nous regarde, je peux déceler dans son attitude de la nervosité et du doute. Pourtant, notre fierté familiale nous pousse à nous redresser. Si un autre problème nous attend derrière cette porte, nous devons y faire face. Et y faire face ensemble, comme nous le faisons depuis la semaine dernière.

Après un dernier regard pour nous donner de la force, mon père appuie sur la poignée et la porte s'ouvre sur… Hayden ?

— Eh ben la famille, qu'est-ce qui vous a pris si longtemps ?

— Hayden ?

Nous sommes tous les trois sous le choc de cette découverte.

— Cachez votre joie de voir l'héritier de la famille !

J'ai l'impression de vivre dans un grand ascenseur émotionnel. Il y a quelques secondes, ma mère voulait que l'on soit armés et là nous nous trouvons en face de mon frère qui a l'air super en forme, contrairement à mon père et moi.

— Eh, je n'ai même pas le droit à un câlin ?

— Mon Dieu, Hayden, mais qu'est-ce que tu fais là ?

Mon père est le premier à revenir à lui et tombe littéralement dans les bras de mon frère.

— Ah enfin !

Hayden passe à ma mère et la prend dans ses bras. J'ai l'impression que mon frère a grandi et qu'il s'est étoffé depuis la dernière fois que je l'ai vu.

— Mon fils, c'est si bon de te voir, mais qu'est-ce que….

— On avait des vacances pendant un mois et j'ai pris quelques semaines à mon travail, je voulais vous faire une surprise.

Il lâche ma mère et vient vers moi. Je me sens toute petite dans ses bras mais je dois admettre que ça fait du bien d'être avec lui. Mon père attrape la valise qui se trouve sous le porche et referme la porte derrière nous.

— Je peux savoir pourquoi vous avez des têtes pareilles ?

Mes parents et moi échangeons un silence entendu. C'est ma mère qui brise rapidement le silence.

— Tu dois être fatigué, viens, je t'accompagne dans ta chambre, tu devrais prendre une douche aussi.

— Merci Mam, j'en rêve, je viens de me taper vingt-cinq heures de vol avec deux escales.

— Oui, va te rafraichir, avec papa on va préparer l'apéro et rajouter une assiette.

Mon frère me regarde étrangement. Je réalise que papa ne fait généralement rien à la maison. C'est toujours notre mère qui s'occupe de tout. J'espère seulement qu'Hayden est suffisamment dans le coltard après ses heures de vol pour ne pas faire trop attention à ce petit changement de scénario dans notre famille. En tout cas, il ne dit rien et suit ma mère dans l'escalier qui mène à sa chambre.

Mon père et moi sommes seuls et ce n'est qu'à cet instant que nous nous permettons de souffler. C'est un soupir de soulagement, même si maintenant de nombreuses autres questions font leur apparition. Mon père me fait un signe de tête en direction de la cuisine et sans un mot, je le suis. La maison familiale ne jouit pas d'une isolation parfaite et il est facile d'entendre ce qu'il se passe dans l'entrée. Une fois dans la cuisine qui se trouve juste derrière la salle à manger, mon père ferme la porte et me regarde, aussi perdu que moi.

— Ok, ça ce n'était pas prévu.

— C'est le moins que l'on puisse dire.

— Qu'est-ce qu'on va faire ?

— C'est à moi que tu demandes, Papa ?

Il se passe les deux mains sur le visage et expire violemment.

— C'est une catastrophe.

Ma mère nous rejoint rapidement. Comparée à nous, elle a l'air soucieuse mais plus calme. Elle referme la porte et nous regarde.

— Mary, c'est une catastrophe.

— Non Peter, c'est juste notre fils.

Je pouffe face à sa boutade, il est clair qu'elle souhaite simplement détendre l'atmosphère mais mon père semble complètement hermétique à son humour.

— Très drôle Mary.

— Je sais mon chéri, les enfants tiennent leur humour de moi.

— Plus sérieusement, ce n'était pas le moment.

— Oui effectivement mais tu crois que je vais mettre mon fils dehors ?

— Il n'est pas question de ça mais peut-être qu'on devrait lui dire de partir.

— Papa, ça va pas ? Enfin, il vient juste d'arriver.

— Morgane a raison, on ne va pas le mettre dehors.

— Mais il va vite découvrir le pot aux roses. Il sera en danger et il va faire une connerie.

C'est sûr que si Hayden apprend pour la dette, il va probablement agir avant de réfléchir.

— Papa, maman, il n'a pas à être au courant.

— Comment tu veux qu'on lui cache un truc pareil ?

— Écoutez, on a déjà géré le plus gros problème, à savoir trouver un accord pour le remboursement, on a déjà payé une créance et on a déjà l'argent pour les deux, voire trois prochaines, donc on n'a pas à lui dire.

— Brillant.

Je sens comme de l'ironie dans la voix de mon père.

— Qu'est-ce qu'il y a, papa ?

— Ton frère est peut-être un homme impulsif mais il n'est pas débile. Tu crois qu'il ne va pas remarquer que ta mère s'est transformée en Gordon Ramsay, que toi tu travailles non-stop au point d'avoir des cernes sous les yeux et que je suis devenu Tony Mitchelli dans Madame est servie ?

Dans d'autres circonstances, j'aurais ri à cette blague qui ne manque pas de véracité. Mais mon père n'a pas tort et mon cerveau tourne à plein régime.

— Attends, on n'est pas obligés de tout lui dire.

Mes parents me regardent avec intérêt.

— Développe ?

— Tu as raison sur un point, s'il est ici en vacances, il va vite comprendre que quelque chose cloche. Il faut donc lui dire une partie de la vérité.

— Et tu vois les choses comment ?

— On peut lui dire que papa a perdu son travail et que maman a décidé de devenir traiteur pour aider aux finances.

Le regard de chien battu de mon père me fait comprendre à quel point il est non seulement navré mais surtout diminué par cette affaire. Ma mère lui passe une main réconfortante dans le dos.

— Morgane, ton père a tout de même sa fierté, surtout devant son fils.

— Tu crois vraiment que c'est le moment de parler de fierté ?

Ma mère me lance un regard noir.

— Oui, justement. C'est actuellement tout ce qu'il nous reste.

Je ne veux pas passer pour une fille froide et quelque part, je comprends mes parents. Je me creuse les méninges pour trouver une autre vérité à sortir à Hayden quand une idée lumineuse fait son apparition dans mon cerveau.

— Attendez, je sais.

J'ai l'impression pendant une minute d'être le messie.

— On t'écoute.

— On peut lui dire que maman en avait marre d'être une femme au foyer et qu'elle a décidé de monter une entreprise de traiteur et toi papa, en bon mari et homme moderne, tu as posé une année sabbatique pour la soutenir et t'occuper de la maison.

Mes parents semblent réfléchir à mon idée qui, je l'avoue, est la seule qui me vient en tête.

— Après tout, regarde, vous n'avez plus d'enfant à la maison et vous êtes presque à la retraite, maman peut avoir envie de se réaliser professionnellement. Des centaines voire des milliers de femmes le font de nos jours et comme ça, toi, papa tu as une excuse toute trouvée sans te sentir diminué.

— Effectivement c'est pas mal, mais et toi ?

— Quoi moi ?

— Toi et ton frère, vous passez normalement beaucoup de temps ensemble, il va comprendre que tu travailles plus que d'habitude.

— J'ai juste décroché un gros client, c'est tout.

— Et si les mecs du club reviennent à la maison ?

— Pourquoi ils reviendraient ?

— Parce que je leur dois de l'argent peut-être ?

— Papa, on a trouvé un accord avec eux, ils n'ont plus de raisons de venir ici.

— Mais et si…

— Maman, avec des si on peut mettre Paris dans une bouteille. On avisera en cas de rencontre fortuite ou autre. Hayden n'est pas du genre à trainer au Angel Snake et avant cette histoire, aucun de nous n'avait croisé ces bikers lors de nos sorties. Donc on ne va pas faire de plans sur la comète.

— Ce n'est pas faux.

— Je vous promets que l'histoire tient la route. On doit juste se montrer un peu convaincants et tout ira bien.

— Morgane a raison, c'est l'histoire la plus plausible qu'on puisse mettre en place et pour le reste, effectivement, on avisera en temps voulu.

— Donc on part là-dessus ?

— C'est le plus sensé.

Je mets ma main entre nous et regarde mes parents, pleine d'une énergie nouvelle.

— Quoi ?

— Eh bien on se fait un check pour dire que c'est bon ?

— Pour l'amour de Dieu, Morgane, on n'est pas dans une cour de récré.

J'éclate de rire, ma mère a raison. Eux aussi se détendent légèrement, ce qui finalement n'est pas plus mal. J'espère réellement que tout ira pour le mieux et que rien d'autre d'aussi inattendu nous attend pour la suite. Les pas d'Hayden dans l'escalier nous annoncent que notre première représentation va débuter. C'est dingue, je n'aurais jamais cru que mes parents et moi puissions mentir aussi bien comme nous le faisons depuis une semaine. La question est : est-ce qu'on devra le faire encore longtemps ?

Chapitre 6

– Tyler –

C'est la vibration de mon portable qui me réveille. Je le cherche à tâtons sur le lit sans même ouvrir les yeux. Quand j'arrive enfin à le trouver, je décroche et le cale à mon oreille. Ma voix semble venir d'outre-tombe.

— Ouais ?

— Tyler ?

— Teddy.

— L'oiseau est dans sa cage, je répète, l'oiseau est dans sa cage.

C'est quoi ce bordel ?

— De quoi tu parles ?

— Tyler, tu m'as demandé de suivre ta dulcinée et de te dire ce qu'elle faisait. Donc là, elle est chez ses parents.

Il me faut quelques instants pour rassembler mes idées.

— Mais pourquoi tu me parles en code ?

— Je tente l'humour pour me réveiller, je te rappelle qu'on est rentrés tous les deux au petit matin et que tu m'as envoyé la suivre à huit heures. Là il est midi et j'en peux déjà plus.

Un sourire apparait sur mon visage.

— Ok bravo tango, j'arrive et tu pourras aller te pieuter.

— Eh ben voilà !

— Mais reconnais que c'est pour ça que tu restes à mes côtés.

— Non, je reste avec toi parce qu'on a vécu la galère ensemble depuis qu'on a deux ans et que si je ne surveille pas ton cul, personne le fera.

— Si je ne te connaissais pas si bien, je penserais que mon cul te fait justement de l'effet.

— T'as pas les parechocs qui vont avec donc lâche l'affaire. Maintenant sors de ton putain de lit et ramène-toi.

— C'est bon, laisse-moi un peu de temps.

— Eh mec, c'est toi qui veux que cet oiseau-là reste sous cloche donc bouge-toi.

— J'arrive.

Je raccroche et me lève. Je marche directement vers la salle de bain de mon grand loft. Quand j'ai emménagé ici il y a un an, j'ai eu l'intelligence de coller mon lit à la seule porte de cet immense espace, connaissant trop bien ma flemme matinale. Quand j'arrive devant le miroir, il me faut bien cinq minutes pour assimiler que cette tête mal rasée et décoiffée est bien la mienne. Il faut admettre qu'hier, j'y suis allé un peu fort sur la boisson. À ma décharge, j'étais perdu dans mes pensées et je dois bien avouer que le fait d'avoir agi comme un vrai connard avec Morgane ne m'a pas aidé.

Qu'est-ce qui m'a pris de lui faire croire que tout le club allait lui passer dessus pour qu'elle solde la dette de son père ? Bref, je n'ai vraiment pas le temps de m'apitoyer sur ma minable façon de draguer. Si je veux faire quelque chose, je dois prendre les devants. Puisqu'il est évident qu'elle me voit actuellement comme un ennemi, je dois la faire changer d'avis et lui montrer que finalement, je ne suis pas si mal. Et quoi de mieux que de m'excuser en lui disant à quel point je suis désolé de la manière dont les choses ont évolué hier.

En plus, je suis sûr que je n'ai pas rêvé le fait qu'elle frissonnait quand je l'ai touchée, ni son trouble quand je me suis rapproché. Un sourire de prédateur se dessine sur mon visage alors que je lance l'eau de ma douche. Oh oui ma petite Morgane, j'arrive et je viens avec l'intention de te faire craquer comme à l'époque du lycée. Je rentre dans ma douche mais par rapport à d'habitude, je fais très vite. Quand j'ai emménagé ici, j'arrivais directement du MC, autant dire que comparé à mon ancienne chambre, j'ai immédiatement apprécié le confort. Tous mes frères et moi-même avons des chambres assez spartiates au QG du club, juste au-dessus du Angel Snake, c'est une des raisons pour lesquelles les gars sont incontournables là-bas.

Mais bon, ce n'est clairement pas le sujet du jour. Je sors de la douche, attrape une serviette et me sèche énergiquement. Je me repositionne devant mon miroir et reconnais que je suis déjà beaucoup plus frais qu'il y a deux minutes. J'attache ma serviette autour de ma taille et file devant mon dressing. Enfin, dressing est un bien grand mot pour qualifier l'armoire sans étagère sur laquelle j'empile mes jeans et mes t-shirts.

J'attrape un boxer, un jean noir, un t-shirt de la même couleur et les enfile en un temps records. Je retourne dans ma salle de bain et tente de donner forme à ma crinière. Après bien dix minutes d'acharnement, je lâche l'affaire, me parfume et sors. Alors que j'enfile mes bottes et mon cuir, je me fais rire moi-même. Sérieux mon gars, c'est quand la dernière fois que j'ai fait autant d'efforts pour plaire à une fille.

De deux choses l'une, soit la demoiselle m'a vraiment ensorcelé, soit je vois en elle quelque chose que je n'avais jamais vu avant. Je claque la porte de chez moi et descends le seul étage de l'immeuble qui mène à la rue, là où se trouve le seul amour de ma vie. Ma Harley ! Oui, je sais, c'est un modèle un peu vieux pour un mec de trente-deux ans, mais je m'en fous, j'aime son bruit, son moteur, je connais ma bécane par cœur et elle est pour l'instant la seule à vraiment savoir me calmer. Je l'enfourche et démarre.

Ma tête est pleine de questions sur la suite des événements mais alors que ma bécane me mène sur le chemin de ma proie, je me refuse à laisser des idées noires s'immiscer dans ma tête. Je vais aller dans cette maison et lui parler, advienne que pourra. J'ai confiance en moi et en mon charme en temps normal. Mais avec Morgane, les choses sont différentes. En fait, je me demande ce qu'une fille comme elle pourrait bien me trouver. Mais je dois bien reconnaitre que depuis la première seconde où je l'ai vue, pas mal de choses me trottent dans la tête. Il est donc hors de question que je passe une semaine de plus à me poser des questions.

J'arrive enfin devant la fameuse maison dont mes frères, et surtout Teddy, m'ont parlé. Sans réaliser, je regarde ma montre et remarque qu'il ne m'a pas fallu plus de quinze minutes pour venir. Je remarque le pick-up Toyota blanc que conduit généralement Teddy quand il est, comme aujourd'hui, sur des missions de filature, et je me gare à côté de lui avant de mettre à l'arrêt ma bécane et de mettre la béquille. La vitre côté conducteur descend directement quand le moteur de ma moto s'arrête.

— Putain Tyler, t'en as mis du temps !

— Je voulais me faire beau.

— C’est raté, on voit encore ta sale gueule.

— Je suis persuadé qu’elle est toujours plus présentable que la tienne.

— La faute à qui ?

Un rictus nait sur mon visage. Ok, je plaide coupable, si je ne lui avais pas dit de suivre Morgane, il serait probablement encore au lit avec sa pin-up d’hier. Mais bon, la hiérarchie dans le club, c’est important et quoi qu’il arrive je suis le vice-président alors que Teddy est un frère lambda. Il n’a donc pas d’autre choix que de faire ce que je lui demande. Cela dit, nous sommes amis depuis si longtemps que je n’ai pas vraiment besoin d’user de ma position au sein du club pour qu’il réponde présent à chacun de mes appels.

— Bon un peu plus sérieusement, c’est quoi le topo ?

Teddy sourit en coin et me regarde droit dans les yeux.

— Bon alors on a deux hommes armés sur le toit de la maison rouge là-bas et quinze tireurs embusqués là-bas.

Comme un con, je regarde les endroits qu’il me montre du doigts avant de réaliser qu’il me prend pour un jambon.

— Tu te fous vraiment de ma gueule !

— Ma foi Tyler, on est dans un lotissement de bourges un dimanche à midi, tu t’attendais à quoi ?

— Oui, c’est pas faux, mais ce que je veux dire, c’est qu’il n’y a personne d’autre qu’elle et ses parents ? Pas de copine, pas de copain ?

Je ne peux m’empêcher de serrer les dents quand je prononce le mot copain.

— Ah si, maintenant que tu le dis, y a un mec qui est arrivé tout à l’heure en taxi avec une valise.

Cette information me perturbe plus qu’elle ne le devrait.

— Et on peut savoir qui est ce mec ?

— J'ai envie de te dire que je parie sur le retour du frangin.

— Son frère ?

— Oui, le fameux Hayden. En même temps, s'il a appris pour la dette et vu comme ta nana se démène pour rembourser, je suis sûr qu'un petit coup de main ne sera pas de refus.

Même si je ne veux pas l'admettre, il est évident que les mots de Teddy m'apaisent. En même temps, il y a vingt-quatre heures, Teddy m'avait fait son rapport sur ma douce et il n'y avait pas de mec à l'horizon.

— Ok.

— Je dis ça je dis rien mais tu es sûr de ton coup ?

— Qu'est-ce que tu veux dire ?

— Je veux dire qu'en temps normal, un homme rencontre une femme, ils se plaisent puis ils ont un rendez-vous.

— Ouais et alors ?

— Ben dans ton cas, on a des gros bras qui vont traumatiser une famille, une jeune fille certes mignonne et courageuse qui se pointe dans un bar, tu fais une fixette, tu envoies ton meilleur pote la suivre dans toute la ville et enfin tu débarques de nulle part alors qu'elle a un repas familial.

— Ouais et alors ?

— Ben tu ne crois pas que tu devrais t'y prendre autrement ?

— Peut-être mais je ne veux pas qu'elle rate l'étendue de mon charme.

— En quoi draguer comme un harceleur repris de justice fait partie de ton charme ?

Je me lève de ma moto et viens placer mon bras sur le dessus du véhicule.

— Tu ne comprends pas, les femmes aiment être surprises, elles fantasment sur les bad guy sans manières.

— Mec, là tu parles du fantasme numéro un des femmes pour une nuit, pas pour la vie. De ce que je sais, quand c'est sérieux avec une femme, ou du moins quand on veut la charmer, on lui donne au moins un bouquet de fleurs, là tu te pointes les mains vides et la tronche en vrac.

J'éclate de rire.

— Ouais, mais je dois d'abord prendre la température avant de commencer à menacer tous les fleuristes de la ville.

— Sinon tu peux aussi simplement leur acheter des fleurs.

— On verra bien quand j'y serai.

Teddy rigole, il me connait. Cela dit, ni lui ni moi ne savons ce que nous donnons quand nous sommes amoureux. Des filles, oui, on en a eu, des aventures surtout, parfois certaines tenaient quelques soirs de plus que les autres, mais notre vie depuis la naissance ne nous a pas appris à avoir des petites amies et notre vie au club n'est pas l'idéale pour une lady.

— Tu veux que je fasse quoi ?

— C'est-à-dire ?

— Tu veux que je reste ou que je parte dormir ?

— Non c'est bon, ce n'est pas le comptable et sa mère qui vont me faire du mal.

— Tu oublies le petit frère.

—Je ne pense pas que ce soit une famille à problèmes.

—J'ai quand même bien envie de voir si elle va te mettre un blanc ou pas.

— Fais comme tu veux Teddy, moi je pars en rendez-vous avec mon destin.

Teddy prend un air faussement solennel et pose une main sur son cœur.

— Va en paix mon frère, je garde tes arrières.

Je me redresse et le regarde. Cet enfoiré ne compte pas bouger.

— Tu vas vraiment rester là ?

— Bien sûr, je n'ai aucune envie de rater le spectacle.

—T'étais pas crevé ?

— Visiblement je ne le suis plus.

— Ok, mais je te préviens, si j'arrive à ressortir de cette maison avec la fille au bras, tu te prosternes devant moi au club demain soir.

Teddy explose de rire.

— Si tu arrives à faire sortir cette fille de là à ton bras, je jure que je suis même d'accord pour te prêter allégeance et cirer tes pompes pourries pendant un mois.

Je m'éloigne en marche arrière du pick-up, place deux doigts sur mon front en signe amical et les lance à nouveau en sa direction.

— Ça marche mon frère, regarde et apprends.

Teddy se marre comme un malade et maintenant que je me retourne vers l'allée, j'avoue que je fais moins le fier. Oui, je suis un grand gamin de l'extérieur. Mais on ne va pas se mentir, en remontant le chemin qui me mène au porche de cette maison, je suis un mec de trente ans, très peu sûr de lui et qui hésite franchement à frapper.

Teddy a raison, la dernière fois qu'un de mes frères est venu ici, c'était la semaine dernière pour menacer la famille, je ne suis pas vraiment certain d'obtenir un accueil chaleureux. Et puis c'est vrai, j'aurais pu venir avec un truc, je ne sais pas moi, un gâteau, un bouquet… Et merde, je ne suis pas ce genre de gars. Pourtant, Morgane semble être ce genre de meuf. Avant de monter les deux marches qui mènent au porche, je tourne la tête une dernière fois et vois Teddy qui me fait signe d'avancer tout en se marrant. Plutôt crever que de me dégonfler devant lui.

Je me reprends à la porte, monte les deux marches. Je tente de m'agrandir le plus possible et frappe deux coups secs sur la porte. Je mets mes mains d'un côté et de l'autre du chambranle et attends. Putain d'attente ! J'ai l'impression de passer un temps infini devant cette fichue porte.

Enfin, je vois la poignée se baisser. Je remonte les yeux pour voir ma belle mais reste dubitatif quand je découvre un torse d'homme puis des yeux verts, mais sur un visage beaucoup plus viril que celui auquel je m'attendais.

— Bonjour.

— Salut.

Moi et, ce qui de toute évidence est le frère de Morgane, nous toisons. Le garçon à première vue ne semble pas faire partie de mon fan club. Je peux même dire qu'il me regarde avec arrogance. Si ce petit fils à papa savait que je suis là parce que son père nous doit de l'argent et que si je ne mets pas le feu à sa maison, c'est parce que sa sœur m'a fait grande impression, pas sûr qu'il garderait cette attitude.

— Vous êtes ?

— Je voudrais voir Morgane.

— Morgane ? Ma sœur ?

— De toute évidence.

— Pourquoi faire ?

— Rien qui te concerne mon grand.

— Monsieur, sans vouloir vous manquer de respect, je ne vous permets ni de me tutoyer ni d'être familier avec moi.

— Voyez-vous ça ?

— Mon grand, c'est qui ?

Un bruit attire mon attention ainsi que celle du frère de Morgane. Teddy m'avait dit qu'il s'appelle Hayden, je crois, ou un truc du genre. Nous braquons tous deux notre regard vers le couloir où je reconnais la femme venue avec Morgane la semaine dernière. C'est dingue les traits de ressemblance dans cette famille. En tout cas, ma simple vue la rend visiblement très nerveuse puisqu'elle passe de souriante à blanche comme un linge.

— Oh bonté divine. Peter !

J'ai presque envie de rire tant toute cette animation m'amuse. Mais je dois rester focus. Dans un premier temps, faire clouer le bec à ce jeune morveux, puis voir Morgane et m'excuser. Cela dit, si je suis trop sec avec son petit frère, elle risque de m'en vouloir. Peter arrive dans le couloir et devient aussi blanc que sa femme. Je reconnaitrais le comptable entre mille. Il faut dire que les vingt-mille dollars, il ne les avait pas empruntés d'un seul coup, donc j'ai eu l'occasion de passer pas mal de temps avec lui.

— Peter !

— Oh bon dieu.

— Papa, maman, je peux savoir ce qu'il se passe ? Ce monsieur…

Le gamin me regarde de la tête aux pieds et je peux dire qu'il n'est pas franchement sous le charme. Il se racle la gorge.

— Donc ce monsieur voudrait voir Morgane.

— C'est ce qu'il t'a dit ?

— Oui pourquoi ?

— Donc c'est qu'il est là pour ça.

Je ne comprends pas vraiment ce qu'il se passe.

— Va chercher ta sœur pour lui dire que ….

La mère semble chercher ses mots. Je décide de lui venir en aide.

—Tyler.

— Oui c'est ça, que Tyler est là.

— Mais enfin elle est grande, elle arrivera bien à descendre toute seule.

— Non Hayden, ta mère a raison, va lui dire que… que son petit ami vient d'arriver.

Je ne sais vraiment pas qui entre le frangin et moi est le plus surpris. Le môme me regarde une nouvelle fois complètement éberlué, j'essaie de cacher ma surprise.

— Attends… Quoi ?

— Tu as bien compris, va chercher ta sœur et dis-lui que son petit ami est là.

Le jeune ne discute pas plus et monte à l'étage. Peter me fonce dessus et me tire sur l'épaule pour me faire rentrer.

— Mais pourquoi vous êtes là vous ?

Je me pose actuellement la même question.

— Bonne question mais à qui vous parlez comme ça ? À votre gendre ? C'est quoi ce bordel ?

La mère de Morgane s'approche de moi et, tout aussi doucement que son mari, commence à me parler.

— Monsieur Tyler, je suis vraiment désolée pour tout ça mais comment dire, mon fils n'est pas au courant de notre… euh… petit arrangement et nous voudrions que cela reste ainsi, si vous êtes d'accord.

Euh, je ne comprends pas bien la démarche derrière tout ça mais je ne vais pas me plaindre. Cela dit, c'est décidément une histoire de dingue.

— Ça ne me dérange pas des masses mais si je dois jouer le mec de votre fille, je peux au moins connaitre votre nom ?

— Oh oui pardon, Mary, enchantée de vous connaitre.

Je rêve ou elle me tend la main ? Non mais je ne vais pas réussir à garder mon sérieux moi.

— Mary, mais qu'est-ce que tu fais ? Je te rappelle que c'est un gros méchant qui nous extorque de l'argent.

— Désolé de te contredire, Peter, mais c'est quand même toi qui es venu nous chercher.

— Oui, effectivement, mais soyez certain que je le regrette.

— J'imagine sans mal.

Notre petite conversation est remise à plus tard car la voix de celle que je suis venue voir s'élève dans les airs.

— Papa ? Maman ? Vous n'allez jamais croire ce que vient de me….

Sa voix se brise dès qu'elle m'aperçoit. Je lève la main pour lui dire bonjour.

— Salut mon amour.

— Tyler.

— Tu m'as manqué aussi.

Hayden lui colle au train et nous regarde de manière suspicieuse.

— Vous êtes sûrs que vous sortez ensemble ?

Mary est plus rapide que nous tous.

— Alors justement ma chérie, Tyler nous expliquait votre dispute et je dois dire que je suis très déçue de ton attitude.

Les yeux de Morgane s'écarquillent sous le choc et je suis à deux doigts de me mettre en PLS tellement j'ai envie de rire.

— Mais maman…

— Mon amour, je ne t'en veux pas.

Un petit air de défi apparait sur son visage.

— Tu m'en vois ravie.

Décidément, cette journée est beaucoup plus intéressante que prévu.

— Tu le sais bien, j'ai du mal à t'en vouloir.

Je tends les bras en avant et m'approche d'elle. Sans rien lui demander, je la serre dans mes bras, tout contre mon torse. Je descends ma bouche près de son oreille et lui murmure.

— Ne fais pas cette tête, c'est tes parents qui m'ont demandé de jouer le jeu.

Elle passe ses bras dans mon dos et se met sur la pointe des pieds pour me chuchoter quelque chose.

— Ils t'ont dit quoi au juste ?

— Que pour que ton frère ne sache rien on doit être fous amoureux.

— Ah super, vraiment super.

— Ça va, y a pire quand même non ?

Sans attendre sa réponse et pleinement investi dans mon rôle, je me détache un peu de ses bras, la regarde droit dans les yeux et lui adresse un sourire sadique. Parce que là, maintenant, je peux faire une chose dont j'ai rêvé depuis que je l'ai vue pour la première fois. Ma bouche fond sur la sienne et je concrétise ce que je voulais vraiment depuis le début, à savoir goûter à ses lèvres. Et je dois admettre que c'est divin !

Chapitre 7

– Morgane –

Je nage en plein flou artistique mais une chose est sûre, ce baiser inattendu me chamboule beaucoup plus qu'il ne le devrait. Les lèvres de Tyler sont douces, sa langue s'enroule autour de la mienne avec frénésie et sans le vouloir, je m'accroche à lui comme s'il était un roc qui pouvait me soutenir. J'ai l'impression que j'ai la tête qui tourne et le cœur qui bat à deux cents à l'heure.

J'avoue ne jamais avoir ressenti de telles sensations dans les bras d'un homme. Mais je suis vite rattrapée par la réalité, je suis dans les bras de Tyler, un biker violent à qui ma famille et moi devons de l'argent, ce n'est pas vraiment mon petit ami, mes parents ont inventé cette histoire pour cacher le fait que nous lui devons de l'argent et en plus là, nous sommes en représentation pour convaincre mon frère. Je mets donc fin à ce baiser envoûtant.

J'ai l'impression de revenir sur terre après un petit entracte dans les nuages. Tyler me regarde avec des yeux brillants. Tout ça semble l'amuser au plus au point mais autre chose est à l'intérieur de son regard, c'est comme de la jubilation mélangée à du désir. Je crois que je dois rêver et être sur le contrecoup de mes propres émotions.

— Ok, donc on passe l'éponge ?

— Bien sûr mon amour, je ne serais pas venu te chercher sinon.

Mon père se gratte la gorge et intervient.

— Bien, nous pouvons tous passer à table alors.

Tyler se cale à côté de moi et passe son bras autour de ma taille.

— Mary, Peter, à vrai dire je suis venu chercher Morgane pour que nous puissions apaiser les tensions et repartir du bon pied.

Mes parents deviennent de plus en plus pâles et j'avoue que je ne fais pas non plus la fière. Cela dit, mon frère nous regarde d'une manière qui me signifie que si je ne joue pas le jeu, on risque fort de devoir lui dire toute la vérité et ça, mon père n'est pas prêt à le faire. Je passe donc mon bras autour des hanches de mon… euh… quelle est la formule consacrée ?… Ah oui, mon homme, et me pends à lui comme une fan le ferait sur son chanteur préféré. Ma mère arrive tout de même à articuler quelques mots.

— Oh et vous envisagez quoi ?

Tyler me fait un clin d'œil.

— Vous savez, un gars et une fille, tous les deux amoureux, une réconciliation…

— Non mais ce n'est pas vrai, vous n'allez pas laisser Morgane partir avec ce type ?

— Eh gamin, je te rappelle que ta sœur est majeure et vaccinée.

— Certes mais vous avez vu votre dégaine ?

— Les femmes adorent les mauvais garçons, tu devrais y penser.

Hayden ouvre des yeux exorbités par la surprise et je déteste déjà ce que je vais faire mais si je veux en finir avec tout ça, je n'ai pas le choix. Je resserre encore plus mon étreinte sur Tyler et regarde mon frère.

— Eh oui, petit frère, les filles adorent avoir le grand frisson.

Bon sang mais qu'est-ce que je raconte comme conneries ? Je ressemble exactement à une groupie ridicule à cet instant. Le pire, c'est que j'en rajoute mais je dois vraiment aller prendre l'air.

— Ok mon grand loup, on y va ?

Le moins qu'on puisse dire c'est que les quatre personnes autour de moi me regardent de manière éberluée. J'ai envie de pleurer. Mon grand loup ? Je suis vraiment sérieuse de sortir un truc pareil ?

— Ok mon chaton.

C'est sûr, là, j'ai touché le fond. Tyler m'aide cependant en faisant demi-tour et en marchant vers la porte. J'entends ma mère une dernière fois avant de partir.

— Très bien les jeunes, Morgane, tu m'appelles dès que tu rentres ?

Une pointe d'inquiétude transperce sa voix.

— Oui ne t'inquiète pas, maman.

Toujours scotchée à Tyler, je le vois baisser la poignée et nous sortons de la maison de mes parents. Mes sentiments sont un volcan et je ne sais pas ce qui prime, l'énervement, l'excitation, la peur, je ne sais ni ce que je dois ressentir ni ce que je dois dire. Je reste agrippée à lui le temps que nous descendions l'allée qui se trouve devant la résidence familiale. Je ressens le poids du regard des miens dans mon dos.

— Tu es garé où ?

Il me montre une vieille moto de l'autre côté de la route, proche d'un pick-up blanc. C'est marrant, cette voiture me dit quelque chose. En même temps à Riverfront, il y en a des millions, des voitures comme ça.

— Ok, on attend un peu et tu vas à ta moto et moi à ma voiture.

Tyler affiche un sourire plus amusé que jamais.

— Comment ça ? Je ne suis plus ton grand loup ?

— Tyler, pour l'amour de Dieu, arrête de jouer à l'abruti, tu sais très bien pourquoi j'ai agi comme ça.

Nous traversons la route et je réalise qu'une silhouette se trouve dans le pick-up. Je tiens toujours Tyler par les hanches et sa main monte et descend dans mon dos. Je n'arrive pas à réaliser tout ce qu'il se passe. La vitre du pick-up descend et je découvre un homme. Il a l'air assez fin et plutôt pas mal, il a les yeux noisette et les cheveux châtain clair. Mes yeux s'écarquillent quand ils se posent sur le blouson de l'inconnu.

— Tu es…

— Un Brother Hood ? Oui, enchanté, je suis Teddy.

Je n'arrive pas à savoir ce que je dois dire.

— Putain, Tyler, j'arrive pas à croire que tu as gagné.

— Je te l'ai dit, Teddy, je suis un king.

— Petite miss, va falloir qu'on parle.

— Ouais c'est ça.

Tyler éclate de rire et moi je nage en pleine confusion. Bon sang, mais qu'est-ce qu'il se passe ?

— Ok mon frère, tu es venu, tu as vaincu et je vais rentrer me coucher.

— D'accord mon frère, on se voit plus tard.

Teddy penche la tête pour me dire au revoir.

— La petite miss, je te dis à une prochaine fois.

Toujours bouche bée par la situation, je ne dis rien mais lui rends son mouvement de tête. Le pick-up démarre et rapidement, nous nous retrouvons seuls au milieu de la route. Heureusement, nous sommes dimanche dans un lotissement résidentiel de la ville, il y a très peu de circulation. Eh oui, les gens normaux sont tranquillement en famille, pas pendus au bras d'un gros méchant biker. Je jette un coup d'œil vers la maison de mes parents et constate que plus personne ne regarde par la fenêtre. Mes parents ont dû réussir à convaincre Hayden que tout allait pour le mieux dans le meilleur des mondes. Note à moi-même, parler à ma mère de ses idées un poil saugrenues.

Enfin, je me détache de Tyler. Finalement, toute cette situation n'est pas plus mal, je vais tranquillement rentrer chez moi et me reposer puis retravailler un peu avant la fin de l'après-midi. Mais j'en veux tout de même à Tyler pour le baiser et surtout, qu'est-ce qu'il foutait-là ?

Je ne comprends pas bien ce qu'il se passe quand il me tend son casque.

— Pourquoi tu me donnes ton casque ?

Il me regarde avec un sourire triomphant sur le visage.

— Ben, nous allons nous réconcilier mon chaton.

— C'est une blague ?

— Bien sûr que non.

— Juste pour rappel, nous ne sommes pas vraiment en couple, tu te souviens ?

Il éclate de rire.

— Comment ça, je suis ton grand loup et toi mon chaton !

— Oh s'il te plait, je ne savais pas quoi dire, voilà tout ! Là je vais rentrer chez moi, dormir et travailler, tu sais, pour rembourser une dette que je dois à un certain club de motards.

Je repousse le casque qu'il me tend et fais demi-tour pour atteindre ma voiture.

— Ok, comme tu veux, je vais donc devoir retourner dans cette charmante maison et tout dire à ton frère.

Je me fige à la mention d'Hayden. Je viens de lui faire un numéro digne d'un Oscar pour éviter de l'impliquer dans toute cette affaire, ce n'est certainement pas pour que Tyler ruine tout en quelques secondes. Je me retourne vers lui et le regarde, passablement énervée.

— Tu te moques de moi ?

— Pas du tout, chaton.

— Arrête avec ce surnom ridicule.

— Pourquoi ? Je trouve qu'il te va comme un gant.

— Tyler, ce que tu fais, ça a un nom, ça s'appelle le chantage.

Il éclate une nouvelle fois de rire.

— Mais non mon chaton, nous nous réconcilions, tu te souviens ?

— Oh arrête, je te remercie d'avoir joué le jeu mais maintenant arrête avec tes conneries. D'ailleurs, on n'aurait pas eu à monter un truc pareil si tu n'étais pas venu, qu'est-ce que tu faisais chez moi ?

— Ah, enfin une question logique.

Il sourit mais ne répond pas. Ce qui, soyons honnête, a le mérite de m'irriter au plus haut point.

— Alors ?

Il enjambe sa moto et me tend le casque.

— On va faire un deal, toi et moi.

— Je n'ai aucune intention de pactiser avec un démon.

— Le démon te remercie mais écoute plutôt. Tu acceptes de me suivre aujourd'hui et non seulement je garde votre petit secret à tes parents et toi, mais en plus je réponds à tes questions.

— Et si je refuse ?

— Si tu refuses, je descends de cette moto, je vais voir ton frère et lui dis tout. Après j'augmente les remboursements et j'attends que tu reviennes me chercher.

—T'es vraiment un….

— Tu l'as dit toi-même, je suis un démon.

Il me retend le casque et cette fois-ci, je le saisis. Je ne sais vraiment pas ce que me veut Tyler mais visiblement, je n'ai pas le choix. J'avais imaginé autre chose pour ma vie, à vingt-neuf ans. Là, j'ai vraiment l'impression de revenir dans mon adolescence. Je prends le casque, le mets sur ma tête et enjambe cette moto pour me caler juste derrière Tyler. Son odeur virile emplit mon nez mais je n'arrive pas à passer outre ma colère envers lui pour lui pardonner.

Il met le contact et démarre sa moto. Avant d'enlever la béquille, il prend mes mains et les colle sur sa taille.

— Tu sais Morgane, j'ai un peu abusé mais je ne serais jamais allé voir ton frère et je n'aurais pas non plus augmenté ta dette.

Je n'ai pas le temps de répondre que déjà la moto passe en mode démarrage. Je comprends mieux pourquoi Tyler a placé mes mains sur sa taille. Je plonge mon visage dans son dos et serre sa taille aussi fort que je le peux. C'est la première fois que je monte sur une moto. Jamais auparavant je n'avais senti une telle vitesse. Je passe le plus gros du voyage les yeux fermés. Une part ne peut tout de même pas s'empêcher de s'enivrer de l'odeur de son cuir. Je ne sais pas le temps que je passe assise derrière lui sur cette moto ni même où nous allons. Mais est-ce que c'est important finalement ?

Au bout d'un moment, je sens les muscles de Tyler bouger et la moto ralentir petit à petit. Je ne fais plus attention à rien. C'est assez étrange mais les yeux fermés et tout mon corps contracté, j'ai tout de même l'impression d'être en sécurité avec lui sur cette selle. Je sens une de ses mains venir caresser les miennes.

— Morgane, on est arrivés.

J'ouvre doucement les yeux, ne sachant pas si je dois être soulagée ou déçue que nous soyons déjà à destination.

— Merci.

— Ça t'a plu ?

— De quoi ?

— La balade à moto ?

— Euh… je… ouais.

J'enlève l'énorme casque que Tyler m'a passé au départ de chez mes parents et il me faut une petite minute pour comprendre où nous sommes. Tyler en profite pour mettre la béquille et couper le contact.

— À la plage ?

— J'adore venir ici.

Même si nous avons un climat parfaitement tempéré, en ce dimanche de fin mars début avril, il n'y a pas grand monde. Riverfront est une destination balnéaire de choix mais c'est surtout début juin que les hordes de touristes arrivent. Pour l'instant, il n'y a que les locaux.

Je regarde Tyler qui semble un peu embarrassé.

— Je me voyais pas passer notre premier rendez-vous dans un bar ou autre chose donc je me suis dit que ça serait sympa.

Il descend de sa moto et me tend la main pour que j'en fasse autant. J'accepte son geste sans vraiment savoir comment réagir. Je suis persuadée qu'il a dû emmener tout un tas de filles ici, en leur faisant le même scénario. Après tout, Tyler est un très beau mec et la plupart des filles du coin ne demanderaient pas mieux que d'être à ma place. Il faut immédiatement que j'arrête de me faire des films sur lui ou sur un possible nous. Tyler est le genre de mec qui vit très bien son célibat avec délectation et qui utilise, c'était quoi déjà le terme utilisé hier soir ? Ah oui, des montures pour se faire plaisir.

Je ne dois rien espérer de lui, surtout dans ma situation. Je suis probablement une petite animation dans sa vie.

— Premier rendez-vous, comme tu y vas ! Je te rappelle qu'on est entre le chantage et le kidnapping.

— Là, c'est toi qui y vas fort.

Mon pied ripe sur la selle alors que je descends et je me retrouve plaquée sur son torse. Je ne sais pas pourquoi, mais je sens mon visage monter en température alors que ses deux bras me réceptionnent.

— Écoute Morgane, il va vraiment falloir que tu apprennes à te tenir.

— Pardon ?

— Si tu veux me sauter dessus, attends au moins que nous soyons seuls.

Eh ben le revoilà, Monsieur Arrogant et Sûr de lui. En fait, je préfère ça plutôt que le Tyler peu sûr de lui qui semble troublé. Je me détache de lui et retrouve avec plaisir la terre ferme.

— C'est dingue comme tu es prétentieux.

— Arrête, c'était une blague, un point c'est tout. Tu prends toujours tout au premier degré ?

— Je ne vois pas en quoi ça te regarde.

— Écoute, je veux juste passer un peu de temps avec toi et apprendre à te connaitre, ok ?

— Mais pourquoi, Tyler ? C'est ça que je ne comprends pas. Visiblement t'es un mec à femmes et je ne suis pas intéressée par des one night stand, je t'ai promis de te rembourser et j'irai jusqu'au bout, donc on peut passer à autre chose.

Je dois vraiment avoir l'air ridicule, la petite chose qui hurle sur la grande, mais je n'ai pas pour habitude qu'on se moque de moi et qu'on m'utilise. Oui, j'ai déjà eu des aventures d'un soir. Merde j'ai vingt-neuf ans et je ne suis pas une nonne mais tout ça, c'est trop compliqué pour moi. Et j'ai peur du genre d'homme qu'est Tyler.

— Écoute Morgane, je ne joue pas avec toi.

— Oui c'est ça, tu vas me dire que je suis la seule à être venue ici avec toi et tout le blabla autour ?

— Tu veux de l'honnêteté ?

— Franchement oui.

— Ok, alors effectivement, tu n'es pas la première femme à venir ici avec moi. La première et la dernière, c'était ma mère, les moments où elle n'était ni ivre ni défoncée, sinon je viens là seul, et si tu veux savoir pourquoi je suis venu ici avec toi, la raison est simple.

Je le regarde sans ciller et je suis presque déstabilisée de voir autant de sincérité sur son visage.

— Tu me plais, voilà la vérité. Ne me demande pas pourquoi mais voilà, tu me plais et j'ai envie d'apprendre à te connaitre. Je sais bien que les filles comme toi ne vont pas avec les mecs comme moi et que tu mérites probablement de te faire draguer par un de ces types qui jouent en Bourse et organisent des cocktails avec l'élite mais j'ai juste envie, pour une fois, de passer du temps avec une fille bien et de ne pas regarder le grand néant qu'est ma vie.

Je reste un instant sans voix. Je ne suis pas certaine de pouvoir le croire, mais il a vraiment l'air de croire chaque mot qu'il vient de prononcer et je dois bien admettre que ça provoque un sentiment étrange en moi.

— Maintenant, si tu ne veux pas prendre juste un peu de temps, pas de soucis, je te ramène chez toi et on en reste-là.

Il parait presque triste que je puisse dire non à sa proposition. Mais il me laisse le choix, il ne joue pas les gros bras et n'utilise pas la dette de mon père comme moyen de pression alors qu'il pourrait clairement le faire, voire me demander plus qu'un rendez-vous sur la plage.

— Je veux une glace.

Tyler lève ses yeux noirs sur moi et semble atterrir sur la même planète que moi.

— Quoi ?

— Tu me proposes un rendez-vous mais je suis partie de chez mes parents sans mon sac ni mon portefeuille, donc je te demande une glace puisque je ne peux pas me l'offrir.

— Ça veut dire que tu es d'accord pour passer l'après-midi avec moi ?

— On dirait bien. Mais tu devras me ramener chez mes parents après, sinon je ne sais pas comment je vais rentrer chez moi.

— Ok ça marche.

— Et ne fais plus jamais ça.

— Ça quoi ?

— Te pointer chez moi sans prévenir pour me kidnapper.

— Bien chaton.

— Et arrête avec ce pseudo ridicule.

— Tu peux continuer à m'appeler ton grand loup, si tu veux.

J'éclate de rire.

— Non ça va aller.

— Comme tu veux.

Il me montre sa main.

— Quoi ?

— On peut se tenir la main ?

— Ok Don Juan, on va y aller doucement. Déjà ma glace et on verra plus tard pour les rapprochements.

— Ça me va.

Il met sa clé dans sa poche et nous nous rendons sur le petit stand qui se trouve à quelques pas. Il n'y a pas de tables ni de chaises, juste une vendeuse et ses machines derrière un comptoir. Elle a l'air d'avoir environ l'âge de mes parents avec des cheveux partiellement gris et bruns. Son sourire est doux mais on sent une vraie personnalité émaner d'elle.

— Alors les amoureux, qu'est-ce que je vous sers ?

Paradoxalement, le fait qu'elle nous appelle les amoureux ne me dérange pas le moins du monde. Sans nous concerter, la réponse que nous sortons est la même.

— Une glace vanille avec des cookies et du chocolat.

Je lève la tête pour croiser son regard amusé mais à ma grande surprise, il n'y a pas que ça. Tyler est tendre, une tendresse qui, je commence à le penser, n'est là que pour moi. Est-ce que vraiment cet homme qui évolue dans un monde froid et violent peut montrer qu'il a des qualités quand il est avec une petite nénette comme moi ?

Je me poserai des questions plus tard. Pour l'instant, j'ai juste envie de profiter de cet après-midi avec ce qui me parait être, pour la première fois depuis que je l'ai revu, un gentil garçon. La vendeuse s'active sur notre commande.

— C'est vrai ce que tu viens de me dire ?

— De quoi ?

— Que je te plais ?

Un voile rouge apparait sur ses pommettes.

—Je ne suis pas connu pour raconter que des conneries.

—Je te demande juste si c'est vrai.

Un silence s'impose entre nous alors qu'on nous tend notre commande. Tyler prend une liasse de billets dans sa poche et en tend un à la dame.

— Gardez la monnaie.

— Merci, amusez-vous bien les jeunes.

— Oui, pas de souci là-dessus.

Nous faisons demi-tour pour aller manger notre butin sur le sable. Après un instant, Tyler brise le calme autour de nous.

— Oui c'est vrai, tu me plais vraiment.

J'aimerais lui dire que c'est réciproque, mais je crois que ce n'est ni le moment ni l'endroit. Le fait de savoir que je lui plais est suffisant pour l'instant. L'avenir nous dira le reste.

Chapitre 8

– Tyler –

— Salut mon grand loup.

J'éclate de rire face à la remarque de Morgane, ça va maintenant faire environ deux semaines qu'on se fréquente depuis notre rendez-vous sur la plage qui s'est soldé par un accord mutuel de se donner une chance. Cela dit, avec une fille comme elle, c'est toujours difficile de savoir quand agir ou non, donc on peut dire que notre relation est des plus platoniques pour l'instant. Mais nos petits surnoms sont restés. Comme un rappel constant de comment on en est arrivés là.

— Salut mon chaton.

— Vous êtes vraiment à gerber avec votre attitude mielleuse.

Teddy qui se trouve à côté de moi ne semble pas apprécier nos retrouvailles.

— T'es jaloux, mon frère ?

— Pas le moins du monde et j'espère ne jamais être aussi gnangnan que vous deux.

Mimant un profond dégoût, Teddy s'écarte pour laisser Morgane s'approcher de moi. On n'en est pas encore à se rouler d'énormes galoches en public mais elle m'embrasse rapidement en posant l'enveloppe de son remboursement sur la table. Elle n'a manqué aucun des trois derniers paiements mais je dois reconnaitre que tout ça me met mal à l'aise. Je veux dire, plus j'apprends à la connaitre, plus je veux en faire ma régulière, mais cette histoire d'argent n'est pas saine. À chaque fois que je la vois, j'y pense et je me demande si elle accepte d'être avec moi pour la dette ou parce qu'elle aussi sent cette alchimie entre nous.

— Tiens, c'est mon pai….

— Oui je sais.

Je me referme à la mention de cet argent et elle semble le remarquer.

— Qu'est-ce qu'il t'arrive ?

— Rien, c'est rien.

Tu parles, j'ai des doutes sur ses motivations et je sens qu'elle est plus à mes yeux qu'une simple femme de passage. Fait chier ! J'aurais au moins pu la rencontrer dans d'autres circonstances !

— Tyler, je sais qu'on se connait à peine et tout, mais tu as vraiment l'air de mauvais poil.

— Non, je suis juste inquiet, je dois voir le Prez pour une affaire et je n'ai pas trop le temps de parler.

— Ok message reçu, de toute façon je suis crevée et je devais rentrer tôt. On s'appelle plus tard ?

— Ouais, c'est une bonne idée.

Je ne peux m'empêcher de la prendre dans mes bras, ma tête est agitée à cause de toutes mes pensées mais j'ai peur de lui en parler. Je dépose un baiser sur le coin de son front.

— Ok, je t'appelle plus tard ?

—Ça marche, de toute façon je serai chez moi, si je ne réponds pas c'est que je suis déjà couchée.

Elle me fait un petit signe de main et s'en va. Je la regarde s'éloigner sans comprendre pourquoi j'ai une pointe à l'estomac. Est-ce que je culpabilise ? Je n'en sais rien mais je sais que cette histoire de dette me ronge. Une main sur mon épaule me ramène à la réalité.

— Qu'est-ce qui t'arrive ?

— Hein ?

Teddy est revenu à la place qui était la sienne il y a quelques instants sur le tabouret, à côté de moi, et me regarde avec attention.

— Qu'est-ce qu'il se passe ? Où est ce sourire débile que tu affiches normalement ?

— De quoi tu parles ?

— Tu sais, normalement quand tu la vois, vous devenez mielleux et tout et tout, et quand elle s'en va, tu la regardes avec le regard dans le vague et un putain de sourire à la con collé sur ton visage.

Je pousse un soupir d'incertitude.

— Ouais je sais et c'est le cas, j'ai des papillons dans le ventre et tout le bordel mais y a un truc qui me dérange.

— Quoi ?

— Tu vois, il y a cinq minutes, elle est arrivée avec une enveloppe de deux mille dollars et elle l'a posée sur le comptoir.

Je lui montre l'objet du délit qui se trouve toujours à la même place devant moi. Cet argent parait plus sale que toutes les liasses de billets que j'ai pu gérer. Et Dieu sait que le club et moi avons des affaires pas claires. Mais cet argent est un doute constant sur notre possible histoire.

— Tu comprends, tant que sa dette sera sur le devant de la scène, j'aurai toujours un doute sur ses sentiments pour moi.

— Attends, je crois que là tu en fais des caisses.

— Tu comprends, Morgane est une fille géniale, je sais que c'est le genre de fille qui normalement ne traine pas avec un mec comme moi. Elle est belle, intelligente drôle, douce et surtout, elle a une vie bien rangée. Je veux dire, quand on est à moto et qu'une voiture de police passe à côté de nous, elle tremble comme une feuille de peur qu'on se fasse arrêter. Elle n'a rien à voir avec notre monde.

—Justement.

—Justement quoi ?

— Tu crois vraiment que c'est le genre de fille à coucher avec toi pour effacer sa dette ?

— Non, mais la question reste dans un coin de ma tête. Et pour être honnête, on n'a pas encore couché ensemble.

— Enfin Tyler, tu vois bien qu'il y a un truc là non ?

— Comment ça ?

— Si vraiment elle trainait avec toi pour cette histoire de dette, elle serait déjà passée à l'acte ? Et puis franchement, tu la vois faire ça ? Tu m'as demandé de faire des recherches sur elle au début, tu te souviens ?

— Oui.

—Je n'ai rien trouvé qui va dans ton sens. Elle n'a jamais eu de petit copain super fortuné, elle n'a jamais rien qui fasse passer l'argent avant tout, elle est plus du genre tranquille et elle a fait sa carrière toute seule.

— Alors pourquoi elle traine avec moi ?

— Aussi surprenant que cela puisse paraitre, je crois qu'elle t'aime bien. Maintenant, je suis d'accord avec toi, cette histoire de dette n'est vraiment pas saine, certes, mais c'est ce qui vous a rapprochés. Mais tant qu'elle sera là, tu auras des doutes et je crois que c'est exactement ce qui vous empêche de passer un cap.

Je souffle d'énervement une nouvelle fois. Teddy a raison et je dois reconnaitre que j'en ai marre de toute cette vie. Je voudrais pouvoir être avec Morgane sans me poser de questions. Je voudrais me balader dans la rue sans avoir peur de rencontrer des gars avec qui je fais affaires, je voudrais me ranger et profiter d'une vie moins extrême. Morgane n'est que le déclencheur de tout ça. Pour être honnête avec moi-même, l'idée d'une vie normale est ancrée en moi depuis bien longtemps. Et peut-être que mon coup de cœur pour ma jolie brune est justement lié à mon envie de changer.

— Franchement mon frère, je suis perdu et je ne sais pas quoi faire.

— Tyler, il faut qu'on soit réalistes, toi et moi. Tout ça, le club, les deals, la violence et tout, ce n'est pas notre rêve de base. On y est tombés parce que justement on voulait se sortir de la vie de merde qu'on avait mais au fond, on a toujours voulu une petite vie pépère.

Les années de galère qu'on a vécues, Teddy et moi, reviennent en flashback dans ma tête. Quand on était mômes, on rêvait d'ouvrir un restaurant et de faire le tour du monde. Oui, on avait des rêves plein la tête, c'est ce qui nous a permis de nous en sortir. Mais aujourd'hui, on est là dans ce bar, avec nos frères bikers et des jobs pas très honnêtes. Teddy a raison, peut-être qu'actuellement ma seule envie est de décrocher et peut-être que la bonne raison pour le faire est justement ma jolie brune. Mais est-ce que je suis prêt à repartir de zéro ?

— C'est compliqué tout ça.

— Pas tant que ça finalement, si tu y regardes de plus près, tu as juste à faire un choix.

— C'est juste que jusqu'à ce qu'elle rentre dans ma vie, je me posais juste des questions sur le futur mais maintenant, comment dire…

— T'inquiète, je comprends.

— D'après toi, qu'est-ce que je dois faire ?

— T'enlever toute cette histoire de dette de la tête et surtout, essayer de voir où tu en es avec Morgane. Cela étant, il est peut-être temps pour nous de voir autre chose que le club.

— Qu'est-ce que tu veux dire par voir autre chose ? On ne peut tout de même pas arrêter le club ?

— Pourquoi arrêter le club ? On peut faire notre business à côté et concilier les deux ?

J'avoue que je n'avais jamais pensé à ça. C'est vrai que le club est une partie importante de ma vie. Après tout, je suis le vice-président, mais pourquoi est-ce qu'on doit absolument avoir des activités illégales ? On pourrait tous avoir un boulot normal et continuer à nous retrouver pour décompresser ?

La voix du Prez à côté de moi me fait tourner la tête. Il arbore un sourire franc.

— Tyler, Teddy, les hommes que je dois voir de toute urgence.

— Wyatt, justement, moi aussi je voulais te voir.

— Bigre, fils, pourquoi tant de gravité dans ta voix ?

— C'est juste que… Enfin…

— Laisse-moi deviner, c'est cette fille, c'est ça ? Celle de la dette.

— Comment tu sais ?

— Je l'ai vue sortir en arrivant. Alors c'est quoi le problème, elle a du mal à rembourser ?

— Non, non au contraire, regarde.

Je lui montre l'enveloppe sur le comptoir. Il la prend, regarde rapidement à l'intérieur, visiblement satisfait, et reporte son attention sur moi.

— Ben c'est plutôt pas mal, alors c'est quoi le problème ?

— Bon, je crois que je vais vous laisser.

Teddy se lève et part dans le fond du bar retrouver une des filles qui traine à cette heure. J'avoue que depuis que je vois Morgane, je ne fais plus attention à toutes ces filles et leur petit manège.

— Alors mon grand, explique-moi, c'est quoi le problème entre toi et cette fille ?

—Prez, il n'y a pas de problème entre moi et cette fille, au contraire.

— Alors pourquoi tu veux me parler d'elle ?

— C'est juste que je me pose pas mal de questions.

— Sur… elle ?

— En fait, je n'arrive pas à m'enlever de l'esprit qu'une fille comme elle est trop bien pour un type comme moi.

—Et alors ? Amuse-toi avec elle et passe à autre chose.

Je pouffe devant la simplicité avec laquelle il voit les choses. Pour lui, c'est le club et les affaires avant tout. J'ai toujours connu Wyatt entouré d'une multitude de femmes. D'ailleurs, quand j'étais ado, c'est ce qui m'impressionnait le plus. Un homme fort, libre, sans règles et qui utilisait les femmes comme des mouchoirs en papier. Mais aujourd'hui, l'image de ce dieu vivant change doucement dans mon esprit.

— Justement, je ne veux pas juste m'amuser avec elle.

Il souffle, visiblement embêté par notre conversation.

— Tyler, tu sais que je te vois comme un fils, mais je vais être honnête avec toi, je ne suis vraiment pas sûr que tu sois vraiment dans ton état normal.

Cette confidence me choque légèrement. Il est évident que je ne suis pas le même que d'habitude, je suis clairement en train de tomber amoureux pour la première fois de ma vie. Il devrait plutôt être content pour moi et me soutenir plutôt que de douter de mes sentiments et de moi.

— Wyatt, je ne comprends pas, je te demande un conseil et tu me remets en cause ?

— Je te l'ai dit, Tyler, les femmes et le club, ça ne fait pas bon ménage. En plus en ce moment, j'ai vraiment besoin de toute ton attention pour le contrat avec les Viper.

— Est-ce que je t'ai déjà déçu en ce qui concerne les affaires du club ?

— Non, bien sûr que non, c'est d'ailleurs pour ça que tu es mon bras droit.

— Je sais faire la différence entre boulot et amusement.

— Je préfère entendre ça.

— Mon problème se trouve avec la dette de Morgane et de sa famille. Ça, ça n'a rien à voir avec le boulot et tu le sais, même toi tu as dit que cette dette, tu t'en fiches, que c'est juste pour l'honneur.

—Je sais Tyler, détends-toi. Mais concrètement, il faut que ce gars me rembourse, c'est une question d'honneur, on n'est pas une putain d'œuvre caritative.

— Je sais et franchement elle y met du sien, elle a déjà remboursé six mille, ce n'est pas rien.

— Ouais mais son daron me doit vingt mille.

— Et si je te rembourse le reste ?

— Gamin je te l'ai dit, amuse-toi mais ne prends pas les choses trop à cœur.

— C'est trop tard Wyatt, je suis impliqué.

— Imagine qu'elle te largue après que tu as remboursé sa dette ?

— Au moins je serai fixé.

—Quatorze mille dollars pour être fixé, tu ne trouves pas que c'est cher payé ?

— Pas si ça me permet de faire le point et de savoir à qui j'ai affaire. Perso, je dirais qu'elle vaut beaucoup plus.

Il semble réfléchir à ce que je dis. Puis après un temps sans parler, il secoue la tête.

— Ok tu sais quoi, pour l'instant laisse tomber cette histoire de remboursement, on a plus important.

— Pour moi c'est important.

— Regarde ce que je te propose, tu laisses cette histoire jusqu'au deal avec les Viper et si tu es toujours disposé à payer en rentrant, on en parle. Je pourrais même envisager de te faire cadeau de cette dette si tu es toujours à fond sur cette nana.

J'ai comme un poids qui s'enlève de ma poitrine. Il faut absolument que j'en parle avec Morgane, je ne sais pas si elle va être aussi contente que moi ou si nous pourrons avoir une vraie histoire mais en tout cas, je sais que notre relation va partir sur des bases plus saines et ça sera plus facile à gérer.

— Bon, maintenant qu'on y voit plus clair avec ton problème de cul, on peut passer aux choses sérieuses ?

— Ce n'est pas....

— Ouais, ouais, comme tu veux.

Sans me laisser la chance de m'exprimer davantage, Wyatt lève le bras et appelle Teddy.

— Teddy mon grand, viens nous voir.

Je ne cherche pas plus loin. Pour Wyatt, notre conversation est terminée et il est temps de parler boulot. En même temps, j'ai une furieuse envie d'appeler Morgane et de lui parler de tout ça afin de voir sa réaction. Donc plus vite on finit de parler des Viper et plus vite je pourrai aller la voir. Elle m'a bien dit qu'elle serait chez elle ?

Teddy approche de manière nonchalante. Depuis qu'il sait qu'on part tous les deux au Mexique, le moins qu'on puisse dire, c'est qu'il n'est pas motivé. Teddy n'a jamais aimé cette prise de risque qu'il considère inutile.

— Ouais Prez ?

— Bon les gars, j'ai eu des conversations plus qu'intéressantes avec les Viper et on a enfin fini par trouver le meilleur moyen de procéder.

— Ok, donc c'est quoi le deal ?

— Vous allez vous rendre discrètement et seulement tous les deux au Mexique, l'adresse du hangar où vous devez aller vous sera donnée quand vous aurez traversé la frontière.

— Ok.

— Quand vous serez arrivés, vous aller traiter avec plusieurs gars qui vont vous remettre la cargaison sous une forme bien particulière.

— Une forme particulière ?

— Oui, leur Prez m'a dit que ça serait pour duper la frontière. Visiblement, il a un genre de combine en place depuis longtemps.

—Je n'aime pas les combines, Wyatt.

J'avoue que sur ce coup, je suis d'accord avec Teddy. Lui et moi avons fait suffisamment d'allers-retours dans le pays à récupérer des marchandises pour savoir que les combines ne font pas bon ménage avec le business.

— Teddy, je m'en fous un peu que tu aimes ou pas, c'est comme ça et vous partez dans deux semaines.

— Est-ce qu'on a un contact au moins sur place ?

— Non, vous y allez incognito. Vous vous démerdez pour les réservations, la bouffe et le reste.

Alors là je reste un peu bouche bée. Normalement, quand on part comme ça, on arrive dans le MC d'un club ami et on est reçus par les bikers du coin. C'est la première fois que Wyatt nous envoie comme ça à l'aventure.

— Tu n'as pas peur que Brown se doute d'un truc ?

— Officiellement, vous partez en vacances les gars, je ne vois pas pourquoi Brown viendrait vous voir.

— Et si c'est le cas ?

— Oh Teddy, Tyler, vous n'avez plus confiance en moi ?

— Ce n'est pas une question de confiance, Wyatt, mais Teddy et moi allons être en première ligne et tu sais très bien que si on nous attrape avec une telle cargaison, on risque cher.

— Pourquoi est-ce que vous voulez que quelqu'un vous attrape ?

— Parce qu'on va se balader avec une très grosse commande de drogue par exemple ?

— Les gars, mes frères, vous croyez que vous êtes les premiers à faire un truc comme ça ? Je vous rappelle que les Russes travaillent avec les Viper depuis pas mal de temps et il n'y a jamais eu de problème.

— Ben justement Wyatt, les Russes ont des appuis que nous n'avons pas ici.

— Tu te dégonfles Teddy ?

— Pas un brin, je dis juste que je veux être sûr de cette histoire avant de faire quoi que ce soit.

Wyatt semble tout à coup irrité par notre conversation. Je sens que ça va finir en engueulade si je ne fais rien. S'il y a bien une chose que Wyatt déteste, c'est qu'on lui tienne tête. Son boulot, c'est de trouver les deals et de nous driver, pas de trouver des solutions à nos petits états d'âme. En plus, qu'on le veuille ou non, il y a la hiérarchie du club et ici, Wyatt est un dieu vivant.

— Ok, on va commencer à regarder tout ça en détails avec Teddy. De toute façon, comme tu l'as dit, notre départ doit avoir lieu dans deux semaines, on aura l'occasion d'en reparler.

Notre Prez semble se calmer grâce à mon intervention. Il fait un signe au barman et sans que je ne le voie même bouger, il a déjà mis une pinte de bière devant Wyatt.

—Ça marche pour moi, je vais avoir besoin du nom de l'hôtel où vous descendez et de votre itinéraire.

— C'est bon Prez, je m'occupe de ça et dans deux jours max, tu auras tous les détails.

Il prend sa pinte et tout en lançant un regard mauvais en direction de Teddy, il s'éloigne vers son bureau sans rien dire.

— Je crois que je l'ai énervé.

— Il semblerait effectivement.

— Putain, j'ai quand même le droit de me poser des questions sur ce coup.

— Je suis d'accord, y a pas mal de choses qui n'ont pas l'air d'aller mais tu connais Wyatt.

— Justement, je le connais trop et je pense qu'il est tellement concentré sur son deal qu'il en oublie la sécurité de ses gars.

— C'est vrai que si le club décroche l'accord avec les Viper, les caisses vont exploser.

— Pourtant on n'est déjà pas à plaindre non ?

— Teddy, tu sais comment ça marche, plus d'argent égal plus de pouvoir.

— Ouais enfin bref, il n'empêche que je ne la sens pas cette affaire.

J'attrape mon verre et le termine d'une traite, je ne devrais peut-être pas partir comme ça mais j'ai des problèmes perso à gérer et je suis à deux doigts d'avoir une réponse. Je me lève.

— Attends, tu vas où ?

— J'ai un truc perso à régler. Je t'appelle demain pour les détails ?

— Attends t'es sérieux ? Tu te tires comme ça maintenant ?

— Ouais mon frère, je me tire comme ça.

Il lève les bras et la tête au ciel.

— Bon sang seigneur, faites que cet homme obtienne ce qu'il veut et rendez-le-moi comme avant.

— C'est bon, arrête ton cinéma !

Je lui donne une petite claque dans le dos et, ma main dans la poche avant de mon jeans, je m'avance vers la sortie. Avant tout, je vais appeler Morgane et lui dire que je passe. Le reste de la soirée va dépendre de paramètres que je n'ai pas en main pour l'instant. Cela dit, j'espère vraiment que je vais avoir des réponses.

Chapitre 9

– Morgane –

Je suis vautrée dans mon canapé à regarder Friends pour la millième fois avec Emma. Notre petite soirée n'est pas franchement glamour mais au moins, on arrive à se vider un poil la tête. Deux pizzas sont posées sur la table avec une immense bouteille d'Ice Tea que nous avons très largement entamée.

— Franchement, je ne trouve pas que Joey soit si beau gosse que ça.

— Je suis assez d'accord, les trois mecs dans cette série sont trop…

Emma me regarde avec un petit sourire en coin.

— Trop lisses pour mademoiselle bad guy ?

J'éclate de rire.

— Je ne vois pas de quoi tu parles.

— Je te rappelle que tu fricotes officiellement avec des bikers maintenant.

— Et ?

— Ben tu es devenue le modèle même de la gentille fille qui vit une histoire d'amour impossible avec le parfait bad boy, voyons.

Une nouvelle fois, nous éclatons de rire, vautrées sur mon canapé et pleines de pizza et de sauce rouge jusqu'au nez. J'entends la vibration de mon téléphone et tends la main vers la table basse pour le récupérer.

— Allô ?

— Chaton, c'est moi !

Ces trois mots me font sauter sur place au point que je me redresse rapidement.

— Tyler ?

— Où est passé le fameux « mon grand loup » ?

Je ne sais pas quoi répondre. Quand je l'ai quitté tout à l'heure, il avait l'air tellement énervé que je suis surprise d'avoir de ses nouvelles si tôt.

— Morgane, tu es toujours là ?

— Oui, oui, excuse-moi, c'est juste que je suis surprise de t'entendre.

Emma me regarde bizarrement et me fait des signes pour me demander qui c'est. J'avoue que de là où je suis, j'ai l'impression de voir une foldingue tenter une danse expérimentale. Je retiens mon rire tant que je peux.

— Pourquoi ? Je t'avais bien dit que j'avais un ou deux trucs à faire et que je t'appelais après ?

— C'est vrai, mais tu avais l'air tellement….

Je suspends ma phrase, je ne sais pas si nous sommes suffisamment proches pour que je puisse avoir cette conversation.

—Justement, je voulais te parler de ça et m'excuser aussi.

— Oh !

Mes yeux s'arrondissent et ma bouche aussi. Emma continue de gesticuler en face de moi et j'ai de plus en plus de mal à rester concentrée sur ma conversation.

— Tu es bien chez toi ?

Je me reprends et réponds rapidement.

— Oui tout à fait.

— Ok, j'arrive alors.

Je regarde un instant à quoi je ressemble et le temps de lui demander de venir dans environ trente minutes histoire de sauver mon apparence, je réalise qu'il a déjà raccroché.

— Merde !

Emma me voit poser le téléphone et bondir du canapé.

— Mais c'était qui à la fin ?

— C'était Tyler, il arrive.

Je lui montre mon sweat large ainsi que mon bas de jogging imprégné de taches de sauce tomate.

—Je ne peux pas le recevoir comme ça !

—À moins de vouloir le faire fuir d'entrée de jeu, effectivement.

— Qu'est-ce que je fais alors ?

— Ben ça dépend, vous avez déjà couché ou non ?

— Qu'est-ce que ça a à voir avec son arrivée ?

— Tout simplement, si vous avez déjà couché, il vient pour le deuxième round donc c'est tenue sexy obligatoire, si vous n'avez encore rien fait, tu gardes une tenue détachée et tu fais comme si tu ne savais pas ce qu'il venait faire.

Je réfléchis rapidement à ce qu'il vient de me dire.

— Il a dit qu'il venait pour parler du truc qui l'avait énervé.

— Ok, mais peut-être qu'il veut plus ?

J'ai l'impression qu'elle se parle plus à elle-même qu'à moi.

— Bon ok, on va voir ce que tu as dans ta penderie pour ce genre de situation.

Elle me regarde de la tête aux pieds avant d'ajouter.

— En fait non, tu vas te nettoyer le visage et on se retrouve dans ta chambre pour faire le point sur ce que j'aurai trouvé.

— Ok, est-ce que je me lave les dents aussi ?

Elle me regarde comme si j'avais dit la plus grosse bêtise du monde.

— Morgane, c'est la base !

— Ok je me brosse les dents.

On part toutes les deux à l'étage au pas de course. Je m'arrête à la première porte qui se trouve être ma salle de bain, alors qu'Emma continue en direction de la pièce du fond du couloir qui se trouve être ma chambre. Je me regarde dans le miroir et j'avoue que pendant un instant, je désespère de réussir à me faire ressembler à quelque chose.

Ok, je pousse un soupir pour me motiver et me mets en action. Je prends mon gel exfoliant et me tartine le visage avec en me jetant de l'eau dessus, je me sèche rapidement avec une serviette et enfourne ma brosse à dent dans la bouche en frottant aussi fort que possible et de mon autre main, je tente de détacher mes cheveux. Des mèches partent dans tous les sens. Je crache et prends de l'eau directement au robinet. Une nouvelle fois, je m'essuie et attrape mon déo pour me donner un petit coup de frais express. Je m'attaque à mes cheveux qui ont visiblement décidé de se rebeller et je décide que pour ce soir, ma chevelure gagne. J'attrape un élastique et me fais une queue de cheval haute. Certes, ce n'est pas le top mais au moins ça fait propre.

Je sors en trombe de la salle de bain et arrive dans ma chambre. Emma a sorti deux tenues.

— Donc tu as la tenue tranquille crop top/short qui dit je suis sexy même à la maison ou la tenue plus simple, composée de ton t-shirt large avec épaules dénudées et pantalon fin qui dit je suis une fille tranquille mais un poil plus.

Je regarde les deux tenues, puis ma meilleure amie et c'est à l'unisson que la réponse sort.

— Je suis tranquille mais un poil plus.

Emma part en direction du couloir.

— Ok ma belle, je te laisse te changer.

Il me faut deux secondes pour enlever mon pyjama difforme et taché puis enfiler ma nouvelle tenue. Je prends l'autre en boule et la balance dans ma penderie.

Je suis un peu plus sereine et redescends pour trouver Emma, son sac sur son épaule et prête à partir.

— C'est beaucoup mieux, ma belle.

— Merci à toi mais tu pars déjà ?

— Je n'ai pas trop envie de tenir la chandelle.

— Ce n'est pas faux.

— Mais tu peux être sûre que dès que j'arrive chez moi, je me mets à la fenêtre et j'attends l'arrivée de ton étalon.

Je pouffe de rire. Mais je sais pertinemment qu'elle va le faire. Elle ouvre la porte et me fait un petit signe de la main.

— Allez tchao ma belle.

La porte se ferme derrière elle. Je finis de descendre les marches et m'arrête devant le miroir qui se trouve près de la porte. Ok, en si peu de temps, ce n'étais pas évident de faire un truc joli mais finalement, je suis bien mieux qu'il y a dix minutes. Je me retourne et réalise que deux pizzas trônent sur la table. Je devrais peut-être en ranger une ? Un bruit à la porte me fait comprendre que je n'ai plus le temps. Je me retourne en ne sachant pas vraiment quoi faire. Puis un nouveau coup me fait comprendre qu'il faut que j'ouvre.

— Oui j'arrive.

Mon mouvement est un peu vif et la porte s'ouvre en grand sur Tyler. Bon sang il est là, appuyé sur le chambranle de la porte et je le trouve encore plus beau que jamais. Pourtant, je l'ai vu il n'y a pas plus d'une ou deux heures. Mais rien que de le voir me met les hormones en ébullition.

— Chaton, tu peux me dire si c'est normal que ta voisine me fixe depuis mon arrivée ?

Je me penche pour regarder par-dessus son épaule et constate que celle dont nous avons toute l'attention n'est autre qu'Emma. Je ne peux retenir un petit rire.

— Ouaip, c'est normal.

— J'ai le droit de demander ?

— Oui, c'est Emma, ma meilleure amie, en fait elle était ici quand tu as appelé.

Il se redresse, se tourne et fait un petit mouvement de la main à ma meilleure amie qui le lui rend avant de fermer les rideaux.

— Note à moi-même, toujours faire attention à la voisine quand je viens.

Cette fois, mon rire est beaucoup plus puissant. Ça me fait du bien de le voir, même si je ne sais pas ce que me vaut sa visite. Il se retourne vers moi avec un sourire quelque peu sadique, m'attrape par les hanches et m'embrasse avec passion. Depuis que nous avons commencé à nous voir il y a deux semaines, c'est la première fois qu'il m'embrasse avec autant de fougue. Son baiser me donne le tournis et pendant une seconde, j'oublie même qu'il existe un monde autour de nous. Tyler se détache légèrement de moi et me lance un sourire charmeur.

— Est-ce que je peux entrer ou je dois continuer ma représentation sur le pas de la porte ?

J'ai besoin d'une seconde de plus pour reprendre mes esprits. Je secoue la tête et me déplace pour le laisser entrer.

— Je t'en prie, rentre.

Tyler avance doucement dans mon salon. C'est la toute première fois qu'il vient chez moi. Il m'a déjà déposée deux fois devant la maison mais il n'était jamais allé plus loin que l'allée. J'aurais aimé pouvoir le recevoir dans une maison plus organisée. Pour être honnête, hormis les week-ends durant lesquels je reçois Emma, ma vie se concentre principalement dans mon bureau. Quand je travaille, j'y reste neuf à dix heures par jour, ce qui fait que le reste de la maison est propre mais pas ce soir. Il y a les cartons de pizza sur la table, des chips au sol et je trouve tout à coup mon intérieur quelque peu négligé.

— Tu m'as prévenue un peu tard, je n'ai pas eu le temps de ranger.

Je me sens tout à coup stupide. J'aurais peut-être dû ranger au lieu de me redonner figure humaine. J'aurais peut-être …

— Non franchement c'est une super jolie maison que tu as.

— Merci, mais normalement elle est plus rangée que ça, je dois bien reconnaitre que je ne m'attendais pas à te voir arriver, surtout vu ton humeur de tout à l'heure.

Tyler continue d'avancer et finit par s'installer sur le canapé.

— Je peux ?

Il me montre la pizza ouverte sur la table et j'acquiesce. Il en attrape un bout.

— Justement, je voulais te parler de ça.

— De pizza ?

Un petit rictus vient apparaitre sur son magnifique visage.

— Non, de mon humeur de la soirée.

— Je vois.

Je décide de bouger et de venir m'installer à côté de lui. Il croque son morceau de pizza et un silence gênant s'installe pendant un petit moment. Tyler, après avoir englouti une part de pizza quatre fromages, se retourne vers moi.

— Voilà, en fait, je me suis senti mal pendant un instant.

J'attends de voir ce qu'il va dire mais il ne semble pas trouver les mots.

— Tu n'as pas à m'expliquer si tu n'en as pas envie. Je veux dire, sérieusement, tu ne me dois rien.

— Ce n'est pas ça, j'essaye juste de trouver les mots adéquats.

— C'est si dur que ça ?

— Je ne veux pas qu'il y ait méprise ni sur mes mots ni sur mes intentions.

Je commence à me poser cent mille questions. Qu'est-ce que Tyler peut avoir de si important à me dire pour ne pas réussir à trouver les mots ? Et pourquoi est-ce que je devrais me méprendre ?

— Morgane, je ne sais vraiment pas comment tourner ce que je veux te dire.

Il essaye de me larguer ? C'est ça, il doit se dire que je suis ennuyante et il doit avoir pas mal d'autres filles qui lui tournent autour, il voulait juste s'amuser mais finalement il n'a pas trouvé ce qu'il voulait. J'ai presque envie de pleurer, je commençais tout juste à développer des sentiments pour lui et…

— Morgane, ça va ? Tu es toute blanche.

— Oui ça va, mais tu sais, si tu n'as plus envie de me voir, je peux….

— Non, non, ça n'a rien à voir avec ça, au contraire.

Je peux entendre un brin de panique dans sa voix. Décidément je ne comprends rien à ce qu'il se passe.

— Alors quoi Tyler ?

— Voilà, tout à l'heure quand tu es entrée dans ce bar, j'étais aux anges. Tu es venue, tu m'as souri et pour la première fois de ma vie, j'ai eu l'impression d'être important, d'être bien, d'être…

Il fait une pause, mais moi je suis complètement perdue. Je ne comprends pas où il veut en venir.

— Enfin bref, tout était parfait jusqu'à ce que tu poses l'enveloppe sur le comptoir.

— Mais c'était notre accord, non ? Je veux dire, je dois bien rembourser deux mille dollars par semaine, non ?

Tyler pouffe d'un rire ironique que je ne lui connais pas.

— Oui, mais justement, c'est ça le problème.

— Tu sais, j'ai toujours les cinq mille de côté, plus les six mille déjà remboursés, ça peut aider.

Je n'avais pas réalisé qu'il devait avoir une pression de dingue à cause de cet argent, je suis vraiment stupide parfois. Il a probablement décidé de se rapprocher de moi uniquement pour avoir cet argent.

— Non, non, je n'ai aucun souci avec la dette au contraire, tu es super ponctuelle, tu as prouvé que tu étais sérieuse et tout. En fait oui, c'est un soucis avec la dette, mais pas avec toi.

Je ne comprends plus rien et le soupir qu'il lance me fait comprendre que même pour lui, cette situation est compliquée.

— Le problème, Morgane, c'est ça.

— Quoi ?

— Je suis bien avec toi, j'aime qu'on prenne notre temps, qu'on ait des rendez-vous agréables, j'aime être avec toi mais bon sang, cette dette me bouffe.

— Je veux bien te croire, c'est pour ça que j'essaye de la rembourser rapidement, je vais essayer plus vite si tu veux.

— Non !

Je ne comprends pas où il veut en venir et son non ressemblait plus à un cri qu'à autre chose.

— Mais enfin qu'est-ce qu'il t'arrive ?

Tyler se lève et commence à faire les cent pas devant moi.

— Putain ce n'est pas facile, je n'ai jamais eu à faire un truc pareil.

Bon, visiblement mon beau biker est encore plus agité que je ne le pensais.

— Morgane, je crois que je suis raide de toi. Je n'ai jamais ressenti un truc pareil avant.

Ok, là on peut dire que je suis sidérée par sa confession.

— Mais regarde-toi !

— Ben quoi ?

— Même en pyjama tu es magnifique, bordel !

Je refuse de lui dire que j'étais clairement moins attrayante il n'y a pas cinq minutes.

— Qu'est-ce qu'une fille comme toi peut bien faire avec un gars comme moi ? Sérieux ! Tu es belle, drôle, tu as fait un boulot incroyable sur ta carrière ...

— Attends, fais une pause, je suis juste une petite rédactrice web sans...

— Non Morgane, tu es bien plus que ça, tu ne te rends même pas compte de ta propre valeur.

Je ne m'attendais pas à un truc pareil, même si je ne vois pas du tout où il veut en venir.

— Enfin tout ça pour te dire que ....

Il fait une pause, visiblement embarrassé, puis pousse un soupir à fendre l'âme.

— Je vais régler ta dette, tu n'auras pas à me rembourser quoi que ce soit, donc si tu veux me quitter parce que....

— Attends, quoi ?

Je crois que j'ai mal entendu. Il croit vraiment que je suis avec lui pour l'argent ? Il croit vraiment que tout ce temps je l'ai utilisé ? En fait, je ne sais pas ce que je dois ressentir. Est-ce que je dois être énervée ou au contraire reconnaissante ? D'un côté il me trouve suffisamment jolie pour pouvoir l'utiliser mais de l'autre il me traite de matérialiste et de conspiratrice non ?

— Tu es en train de dire que je t'utilise pour payer la dette de mon père ?

— Non, enfin oui, enfin je ne sais pas, je veux dire que tu es tellement…

— Tellement quoi Tyler ?

— Tu es simplement incroyable et cette histoire de dette me fout en l'air. Si ton père ne devait pas d'argent, je n'aurais jamais pu me rapprocher de toi et …

— Mais tu t'entends ? Sincèrement, ici le seul playboy c'est toi, tu t'es regardé ? Les filles font la queue pour être avec toi, tu les enchaines comme des chips à un apéro, tu as de l'argent et tu es un mec tellement intense. Je ne sais même pas pourquoi tu me regardes alors que tu peux avoir toutes les plus belles femmes que tu veux.

Tyler me regarde en état de choc.

— Mais tu me prends pour qui finalement ?

— Tu me trouves intense ?

— Intense, sexy, canon et plus encore et …

Je suis particulièrement énervée contre lui maintenant. Il vient chez moi me taxer d'intéressée alors que c'est moi qui me demande pourquoi il m'a même regardée. Tyler s'approche de moi et pose ses mains sur mes joues pour prendre mon visage en coupe.

— Tu le penses vraiment ?

— De quoi tu parles ? Tyler, tu te pointes chez moi en me disant que je ne suis avec toi que par intérêt et après tu me regardes avec ces yeux et…

J'en perds mes mots. Le regard qu'il me lance me perturbe car il brille d'une émotion que je ne lui connaissais pas. Sans un mot, ses lèvres s'emparent des miennes et il m'embrasse avec passion. Je ressens presque un besoin de sa part qui me tire un frisson. Malgré mon énervement, je réponds à son geste et je dois bien reconnaitre que ça me calme mais ma tête tourne à plein régime sur ce que vient de me dire Tyler et je finis par le repousser.

— Tu n'as pas peur que je t'embrasse pour l'argent ?

— Morgane, je suis désolé, mais comprends-moi je… je n'ai jamais été amoureux avant et tu es tellement…

J'ai l'impression de tomber de cinq étages. Tyler le beau gosse, le mec inaccessible, le tombeur, vient de me faire une déclaration ?

— Attends, quoi ?

Tyler me regarde avec des yeux fiévreux.

— Je suis entrain de tomber amoureux de toi Morgane, je le pense vraiment et si j'ai l'air d'un con, c'est parce que je ne sais pas comment faire, ni comment agir.

Vive l'ascenseur émotionnel, je passe d'énervée à complètement gaga. Je vais finir par croire que ce mec est mauvais pour mon cœur mais une chose doit être réglée entre nous. Je place donc mes mains dans ses cheveux et les agrippe, plus avec envie que dans l'intention de lui faire mal.

— Tyler je veux que les choses soient claires entre nous. Je refuse que tu paies cette dette. C'est la mienne, à moi et à ma famille, on va se débrouiller pour tout solder le plus rapidement possible.

— Morgane, cette dette n'est rien ni pour le club ni pour moi, laisse-moi en finir avec tout ça.

— Non, je ne veux plus que tu doutes de moi ou de mes intentions.

— Je ne le ferai plus.

Tyler passe sa main sur mes reins et me rapproche de lui.

— Je suis qu'un con, et je suis désolé d'avoir douté de toi.

Il repose sa bouche sur la mienne et cette fois, je me laisse complètement aller à notre étreinte. Mes bras s'enroulent autour de son cou alors qu'il me penche sur le canapé. Sa main libre vient enlever mon t-shirt. Je suis un peu embarrassée de ne pas avoir de soutien-gorge mais je vois dans son regard qu'il me désire de tout son être. Mes mains descendent le long de son torse. Je commence par enlever son blouson, puis continue vers le bas de son t-shirt et lui enlève. Son éternel sourire d'adolescent fait son apparition, nous savons parfaitement tous les deux ce qu'il se passe et nous en avons visiblement très envie lui et moi.

— Je suis désolé d'avoir douté de toi.

Je me fiche de ses excuses, un besoin plus urgent se fait sentir en moi. Après avoir enlevé son t-shirt, je m'attèle à défaire les boutons de son jean alors que ses doigts dessinent sur mon ventre. Son jean glisse et l'un de ses doigts vient agripper les élastiques de ma culotte et de mon pantalon. Le feu que je ressens en moi est trop urgent pour que la confusion qui m'animait il y a quelques instants continue de me perturber. Je plaque ma bouche dans son cou et commence doucement à glisser jusqu'à son oreille. Sa peau est douce et brûlante. Il a un gout viril et profond. Je place mes jambes de chaque côté de sa taille. Il s'allonge sur moi et fait glisser son caleçon qui rejoint le reste de nos vêtements sur le sol.

— J'ai tellement envie de toi.

Sa phrase n'est pas anodine, il la prononce dans un murmure et je sais que c'est vrai, j'aimerais tellement lui dire que moi aussi. Mais le besoin de lui me coupe la parole. Sans plus attendre, il me pénètre de toute sa virilité, m'extirpant un cri de bien-être. Je sens chaque centimètre de son membre et mon intimité se transforme en pure fontaine. J'ai tellement rêvé de ce moment que j'ai du mal à croire que c'est réel. Tyler commence ses va-et-vient de manière douce au début puis je le sens accélérer en moi. Des gouttes de transpiration commencent à apparaitre sur ma peau alors que sa bouche s'abat sur l'un de mes seins et qu'il commence à titiller mon mamelon.

Je sens des vagues de frissons sur son dos alors que mes ongles s'y enfoncent. La sensation de m'unir à lui me procure des picotements dans le bas-ventre. J'ai tellement voulu être avec lui que mon orgasme est presque immédiat. Dans un souffle, je m'abandonne à lui sans comprendre pourquoi je lâche prise aussi facilement. Mon étalon semble apprécier chaque instant avec des râles rauques. Je réalise que je suis aux portes du paradis en ce samedi soir et ce n'est que le début de la soirée.

Chapitre 10

– Tyler –

Je me lève du lit de Morgane alors qu'elle dort encore. J'ai l'impression de presque habiter ici depuis deux semaines. Jamais je n'aurais cru pouvoir vivre une histoire aussi forte avec une femme et jamais je n'aurais cru qu'un ange veuille de moi. Pourtant c'est le cas. Morgane est un soutien que je n'avais jamais eu la chance de connaitre et je me sens plus que mal de la mêler à mes problèmes. En plus, elle continue de rembourser cette saloperie de dette et ça me rend chèvre. Elle en est à la moitié et refuse que j'intervienne. J'ai appris que sa mère avait monté une affaire de traiteur pour faire face et je dois reconnaitre que je suis impressionné par ces deux femmes.

Pourquoi diable Peter ne leur a pas simplement parlé ? S'il l'avait fait, rien de tout ça ne serait arrivé. Je me retourne et regarde le visage endormi de Morgane. Mais s'il l'avait fait, je ne l'aurais pas dans mes bras tous les soirs. Cela dit, leur union face à la crise et leur persévérance pour rester honnêtes me font détester tous les matins l'homme que je suis. J'attrape mes vêtements au sol et me dirige vers la salle de bain. Mon départ pour le Mexique est prévu demain mais j'ai encore quelques détails à régler avec Wyatt et Teddy.

J'enfile rapidement mes vêtements en faisant le moins de bruit possible et me rince le visage. Je retournerai chez moi après mon rendez-vous pour prendre une douche. Je me regarde dans le miroir une nouvelle fois. C'est évident que je ne veux plus de cette vie. Le problème n'est pas le club, ni mes frères. Le problème c'est que j'ai envie d'une vie rangée, je veux un boulot stable pour lequel quand je dis au revoir à ma femme le matin je ne risque pas quinze ans de prison. Je retourne rapidement dans la chambre, m'assois sur le lit et embrasse Morgane sur le front. Mon geste ne reste pas sans réponse puisqu'elle commence à bouger légèrement dans le lit. Je souris à cette vision puisque c'est là plus que jamais qu'elle mérite son petit surnom. Oui, vu comment elle s'étire, on dirait un petit chaton qui se réveille. Elle a encore les yeux fermés et se roule en boule un peu plus.

— Salut chaton.

— Salut.

— Bien dormi ?

Elle pousse un long soupir.

— Oui et toi ? Il est quelle heure ?

—Sept heures trente, je vais y aller.

Elle se redresse plus rapidement.

— Déjà ?

— Ouais, j'ai un truc à finir.

Je la regarde assise dans ce lit à moitié nue dans la pénombre de la chambre et je la trouve plus belle que jamais avec ses cheveux décoiffés et son visage encore à moitié endormi.

— Tu as le temps pour un café ?

— Non, je le prendrai au club.

Elle parait déçue par ce que je viens de dire et je dois bien reconnaitre que c'est un crève-cœur. Mais je ne dois pas me laisser aller. Le Mexique est mon dernier coup avec le club, c'est décidé, je ne veux plus faire ce genre de truc. Dès que je reviens, je passe membre non actif du club et j'ouvre mon propre restaurant avec Teddy. J'en ai parlé avec lui et il me suit. Après tout, lui et moi, on est habitués à bosser en salle et je n'ai qu'à trouver un local et un chef, pour le reste je me débrouille.

— Tyler, tu es sûr de ce que tu fais ?

Il y a trois ou peut-être quatre nuits de ça, nous avons eu une longue discussion sur mes « activités », Morgane m'a écouté sans rien dire. Même si je sais qu'elle n'a pas vraiment apprécié d'apprendre pas mal de choses. Et je peux voir aujourd'hui qu'elle est inquiète.

— J'ai pas trop le choix là Morgane.

— Je vois.

Elle pousse la couette et descend du lit.

— Qu'est-ce que tu fais ?

— Ben, je vais prendre mon café !

Je l'attrape rapidement par la taille et la mets sur mes genoux.

— Tu as encore un peu de temps.

— Oui mais plus vite je me mets au travail et plus vite je gagne de l'argent.

Je cale ma tête dans ses cheveux et remplis mes narines de son odeur.

— Quand je rentre, on oublie cette histoire de dette.

— On a en déjà parlé, je ne veux pas être redevable donc je finis, de toute façon on a déjà remboursé la moitié, il ne reste presque plus rien, dans même pas trois semaines on va avoir la somme au total et cette histoire sera derrière nous.

Le moins que je puisse dire, c'est qu'elle est têtue. Mais ça me plait, elle sait où elle va et elle fait tout pour y arriver. Chaque jour avec elle me prouve que la détermination est la clé pour une vie meilleure. Je vais parler à Wyatt, maintenant j'en suis sûr.

— Ok, comme tu veux.

Elle passe ses bras autour de mon cou et pose sa tête sur mon épaule.

— Exactement, je fais ce que je veux.

Un sourire apparait sur mon visage et une envie de la titiller me prend mais je n'ai vraiment pas le temps. Note à moi-même, en rentrant, nous aurons un petit face à face qui va encore dégénérer. Rien que d'y penser, j'en salive. Cependant, mes doigts ne peuvent s'empêcher de se recourber et de la chatouiller un minimum. En une seconde, ses bras se resserrent autour de mon cou et elle commence à gesticuler.

— Arrête ça tout de suite Tyler.

J'éclate de rire alors qu'elle tombe en arrière sur le lit pour se soustraire à mes attaques. Je l'enjambe et descends sur son visage pour l'embrasser.

— Tu as raison, on finira ça ce soir, là je dois y aller.

Elle a le visage rouge à force d'avoir ri, ce qui la rend encore plus belle. Je l'embrasse une nouvelle fois et me lève.

—Je serais bien resté encore mais je dois y aller pour de bon.

Je ne peux manquer l'air déçu de Morgane.

—Je te promets chaton qu'à mon retour tout sera différent.

— Je sais Tyler mais tu ne peux rien faire pour empêcher de me faire du mauvais sang. Après tout, on sait tous les deux que tu ne vas pas vraiment en vacances. Mais que tu vas faire un business quelconque avec des gens bizarres.

Je n'ai rien à dire parce qu'elle a raison et une fois de plus, la dangerosité de cette histoire me saute au nez.

— Chaton, je…

— Je sais, ne t'en fais pas et vas-y avant que je ne trouve un moyen de te retenir.

— T'as raison, mais garde tes idées de me retenir pour plus tard.

Cette fois, elle se lève pour de bon et nous descendons tous les deux. Je me dirige vers la porte et elle me suit. Avant de sortir, je me retourne une dernière fois vers elle. Morgane se tient juste derrière moi avec un petit sourire triste et me fait un signe de la main.

— Je t'appelle dès que j'ai fini.

— Tu sais où me trouver de toute façon, je serai ici, devant mon ordinateur.

— Tu vois Emma aujourd'hui ?

— Elle risque de venir prendre des infos sur notre nuit torride d'ici peut-être une heure.

Je pouffe à cette vérité. Depuis le soir où je suis venu passer ma première nuit avec Morgane, son amie vient presque tous les matins pour avoir un compte rendu. Je repense à ce que m'a dit Teddy quand il avait fait des recherches sur Morgane et oui, je crois bien que ces deux-là peuvent avoir pas mal d'atomes crochus. À contre cœur, je décide qu'il est largement temps d'y aller et je sais que si je la prends dans mes bras ou si je fais un mouvement vers elle, ma détermination pour quitter cette maison va s'envoler. Je dois absolument parler à Wyatt, je dois lui dire que pour moi, toutes ces combines, c'est fini.

—À tout à l'heure chaton.

—À tout à l'heure mon grand loup.

Sourire en coin, j'ouvre la porte et sors de chez elle. Je descends l'allée et vais directement à ma moto qui m'attend gentiment dehors. L'avantage du quartier de Morgane, c'est que je peux laisser mon bébé dehors sans craindre pour sa sécurité. Je l'enfourche et démarre immédiatement. Plus vite j'en termine avec tout ça, plus vite je pourrai prétendre à une nouvelle vie.

Je reste concentré sur la route le temps du chemin. Mon avenir attend au coin de la rue, je dois juste en finir avec toute cette histoire au Mexique et parler avec Wyatt. Je sais déjà qu'il ne sera pas franchement ravi de mon retournement mais après tout, il comprendra. Je le connais depuis longtemps, il a pris le rôle du père que je n'ai jamais eu et si j'arrive à lui faire comprendre que ma vie peut s'améliorer, il ne pourra que me soutenir. Teddy quant à lui est déjà largement convaincu de notre reconversion.

J'arrive enfin devant l'Angel Snake et me gare. Le moins qu'on puisse dire, c'est que le parking est plus que vide. À vrai dire, il n'y a que deux voitures et la moto de Teddy ainsi que celle de Wyatt. En même temps, si nous avons prévu notre petite conversation si tôt, ce n'est pas pour rien. Je mets la béquille de ma moto et descends en posant mon casque sur la selle. Je sais que personne ne s'approchera de nos engins ici donc je ne mets même pas l'antivol et monte les quelques marches jusqu'à l'entrée du bar.

Quand je rentre, les chaises sont sur les tables et je ne remarque que Teddy derrière le bar qui se fait un café.

— Salut mon frère !

Il se retourne et me regarde un petit sourire en coin.

— Hey Tyler, quoi de neuf ?

— Tu m'en lances un ?

— Carrément, alors tu as encore eu une petite nuit ?

Je pouffe mais il a raison.

— Je me demande si je ne préférais pas votre période platonique.

— Tu verras quand tu rencontreras celle qui fait la différence.

—Houlà mon pote, je te rassure immédiatement, tu n'es pas près de me voir dans le même état que toi.

— Qui sait, j'ai peut-être quelqu'un pour toi sous le coude.

Il me lance un regard interrogatif alors que je me rapproche du comptoir sur lequel il pose ma tasse de café noir, sans sucre comme je l'aime.

— Ah ?

— Ouais mon frère.

— Eh bien dis-moi ?

— Tu verras à notre retour mais je sais déjà que ça va te plaire.

— Si tu le dis.

Je sais qu'il n'est pas convaincu, mais en même temps, pour plaire à Teddy, une fille n'a pas besoin de grand-chose, juste une bonne paire de parechocs et un arrière-train de folie. D'après ce que j'ai vu d'Emma, elle répond aux critères de base et je crois qu'elle saura très bien gérer le reste de la barque.

— Wyatt n'est pas là ?

— Si, il arrive dans cinq minutes, il a fini la nuit avec deux gonzesses et elles dorment dans le bureau.

— Je vois.

Comme pour répondre à notre conversation, la porte du bureau s'ouvre en grand et Wyatt, la tête encore dans les vapes, en sort en baillant. Je ne sais pas pourquoi, mais pour la première fois depuis que je le connais, il parait moins… moins scintillant que d'habitude. Comme s'il avait perdu de sa superbe.

— Oh les gars vous êtes là. Tu me lances un café, Teddy ?

Mon pote acquiesce et se remet devant la machine.

— Réveil difficile ?

— C'est le moins qu'on puisse dire. Ces gamines sont instoppables.

Il éclate d'un rire gras, je ne trouve plus ce genre de truc drôle depuis un certain temps déjà mais je ne sais pas comment lui en parler. Teddy brise ce moment quelque peu gênant en déposant une tasse sur le comptoir en face de notre prez. Celui-ci le prend et le descend cul sec.

— Ok les gars, alors comment ça se passe ?

Teddy prend la parole, il s'est occupé du gros et moi des détails.

— Ok, donc on part demain vers huit heures de Riverfront et on doit arriver vers quatorze heures à Passaderos.

— On a prévu large pour faire des arrêts et se montrer. Après tout, on est en vacances et deux bikers, ça se remarque.

Wyatt acquiesce.

— Une fois qu'on est à Passaderos, on checke au motel El paso.

— C'est quoi comme motel ?

— C'est un motel prisé par les étudiants et par les touristes célibataires qui vont dans la ville.

— Ouais, y a un bar avec no limit pour l'alcool, c'est en plein centre, bref, si on veut s'éclater, c'est dans ce motel qu'il faut aller.

— Je vois. Quand vous arrivez, vous contacterez Ricardo.

Wyatt glisse un bout de papier plié en deux sur le comptoir et je le prends pour regarder à l'intérieur. Il s'agit d'un numéro de téléphone mexicain.

— C'est lui votre contact, une fois sur place, il vous indiquera la marche à suivre.

— Pour le retour, on a prévu de prendre l'itinéraire le plus rapide par la voie rapide, comme ça on sera là rapidement.

— Pourquoi vous ne prenez pas une nouvelle fois l'itinéraire bis ?

— On est supposés rentrer de deux jours de bringue, on a pensé qu'il paraissait normal de vouloir revenir rapidement.

— Effectivement, c'est logique.

— Et pour Brown ?

— Mon contact dans son équipe m'a dit que normalement il était sur des recherches ici. Il essaie de choper nos revendeurs pour nous avoir.

— Et donc ?

— Et donc il sera très occupé parce que j'ai passé le mot qu'on avait embauché soixante nouveaux jeunes. Il ne va certainement pas vous attendre à la sortie.

— Et les Russes ?

— D'après mes informations, ils recherchent du côté de Mexico de nouvelles sources d'approvisionnement. Donc ils ne devraient pas poser de problème. Mais au cas où, vous devriez tout de même partir avec de quoi vous défendre.

— C'est risqué pour passer la frontière.

— Je vais appeler notre contact à la douane pour qu'ils vous laissent tranquilles.

— Ok.

— Bon les gars, tout ça m'a l'air plus que correct. De toute façon, ce fameux Ricardo s'occupe du reste sur place.

Teddy me jette un coup d'œil. Je sais que c'est maintenant que je dois parler à Wyatt, même si je ne suis pas très sûr de comment aborder la question.

—Prez, on a aussi un truc à dire avec Teddy.

Wyatt lève les yeux vers moi et me fait un signe de main pour m'inciter à parler.

— On avait déjà abordé le sujet mais voilà, on voudrait devenir des membres inactifs dans le club.

Wyatt semble choqué par ma phrase.

— Mais Tyler, tu es mon bras droit tu ne peux pas…

— Justement, Ugo est assez partant pour prendre ma place et avec Teddy, on voudrait une vie un poil plus rangée, mais on n'a pas forcément envie de quitter le club.

— Je vois. C'est à cause de cette fille ?

— Non, elle n'a rien à voir avec ça, c'est juste que j'ai envie d'autre chose.

Il pose ses deux coudes sur le bar et tourne la tête pour regarder en direction du bureau.

— Ouais, en attendant tu ne parlais pas de ça avant d'être avec elle.

— Wyatt, j'y pense depuis un moment déjà, je veux dire, j'ai passé la barre de la trentaine et j'ai envie d'une vie moins… enfin tu vois ce que je veux dire.

Il soupire. Visiblement, il a compris que je ne ferai pas machine arrière.

— Ok, on voit les détails quand tu rentres, mais tu connais ma position.

— Wyatt, ce n'est pas comme si on quittait le MC ou autre.

— Je sais mais tout sera différent.

— Mais on reste tout de même avec le club et si tu as besoin de nous, on sera là. On veut juste monter notre truc et avoir une vie plus rangée.

— Tu t'imagines peut-être avec un attaché case et des gamins qui t'attendent le soir à la maison ?

— Je ne veux pas non plus d'une vie toute tranquille, juste, je ne veux plus avoir à regarder derrière moi quand je vais bouffer une glace.

—Écoute, on reparle de tout ça quand tu reviens, mais tu le sais, Brother Hood un jour…

— Brother Hood toujours, je sais.

— Bon si tu en es conscient, je vais aller réveiller les deux donzelles dans mon bureau pour un autre round.

Il me claque l'épaule avec sa grande main de manière paternelle. Teddy et moi n'échangeons pas un mot jusqu'à ce qu'il passe la porte de son bureau.

— Eh bien on peut dire que ça s'est bien passé.

— Plutôt oui, je l'ai même trouvé compréhensif.

— Va savoir si ça sera toujours le cas après notre retour du Mexique.

— Tu sais Teddy, je ne crois pas que Wyatt veuille garder des gars contre leur volonté.

—Je sais bien mais je trouve tout ça un peu trop facile.

— Là, il est inquiet pour notre road trip et à notre retour, il ne pourra pas dire non parce qu'on aura réussi.

— Que Dieu t'entende parce que moi j'ai des doutes.

Je ne veux pas le dire à Teddy, mais son inquiétude est partagée. On ne sait jamais à quoi s'attendre avec Wyatt et je suis bien placé pour le savoir. Mais il sera toujours temps de voir ça à notre retour. Pour l'instant, j'ai besoin de retourner d'où je viens, près d'une petite brune aux courbes sublimes afin de lui dire au revoir comme il se doit. Deux putains de jours sans la voir, ça va être long. Ça va même être très long ! Mais avant de partir je glisse une enveloppe à Teddy.

— C'est quoi ?

—La fin de la dette de ma femme, tu la donneras au Prez.

Teddy me sourit. Que Morgane le veuille ou non aujourd'hui elle est libre.

Chapitre 11

– Morgane –

Je reste comme deux ronds de flan dans ma salle de bain. Ce n'est pas possible ! Cela va faire trois jours que j'ai des nausées et des vertiges. J'ai décidé de faire un test de grossesse grâce à l'idée ingénieuse d'Emma qui m'attend derrière la porte. J'ai pris le modèle dernière génération qui inscrit le résultat en toutes lettres. Et là, pas de doute possible, je suis bel et bien enceinte.

Bon Dieu, mais qu'est-ce que je vais faire ? Emma frappe à la porte alors que j'ai les mains sur le rebord du lavabo et que je reste toujours sidérée par la nouvelle.

— Alors ? Ça dit quoi ?

— Attends une seconde !

Je ne sais pas ce que je dois ressentir. Je ne sais pas ce que je dois dire. Boordel ! Je suis enceinte ! Je vais avoir un bébé ! Je me rapproche de la porte et l'ouvre. Emma est partagée entre la peur, l'appréhension et l'excitation, un mélange qui me stresse encore plus.

— Alors ?

Je lui montre du doigt le lavabo où se trouve le test. Je suis incapable de lui dire moi-même et j'avoue que je n'arrive toujours pas moi-même à y croire. Elle avance vers l'objet du délit comme s'il pouvait exploser. Lorsqu'elle penche la tête, ses mains viennent immédiatement se coller sur sa bouche. Elle commence une danse bizarre durant laquelle elle passe ses yeux du test à moi puis, devant mon air complètement dépassé, elle se calme. Elle se rapproche de moi, pose ses mains sur mes épaules et me regarde droit dans les yeux.

— Ça va ma belle ?

J'ai l'impression d'avoir pris un uppercut en pleine face. Bon Dieu, un bébé ?

— Morgane, reprends-toi ma belle, respire.

Les mots d'Emma s'imprègnent peu à peu dans mon esprit et je commence à faire ce qu'elle me dit. J'aspire un maximum d'air puis expire tout aussi intensément. Après quelques mouvements, je commence à me calmer.

— Bien, calme-toi.

— C'est bon, je me sens mieux.

— Alors dis-moi, qu'est-ce que tu vas faire ?

— Je ne sais pas Emma, ce n'était pas prévu au programme.

— Je me doute ma belle mais il va bien falloir que tu fasses quelque chose.

— Tyler est parti hier matin et on est ensemble depuis seulement un peu plus d'un mois, je n'avais vraiment pas prévu un bébé maintenant !

— Je sais. Viens avec moi on va se faire un bon…. Euh… un bon chocolat chaud ?

— J'ai pas envie d'un chocolat chaud.

Pourquoi elle me parle de chocolat chaud ? Bon sang mais qu'est-ce que je vais faire ?

— Viens juste en bas, on va s'assoir et parler un peu de ce qu'il faut faire.

Je la suis et elle met un bras autour de mes épaules. J'ai l'impression de ne pas être vraiment réveillée et de marcher dans du coton. Un bébé ! Je n'arrive pas à y croire, on vient juste de se mettre ensemble et on s'est toujours protégés à part… Bon sang ! La première fois, on était tellement pressés qu'on n'a pas fait attention alors c'est ça ? Une fois et notre vie change à tout jamais ?

On arrive enfin en bas des marches et nous continuons jusqu'au canapé. Emma m'y installe comme il se doit et part presqu'en courant vers la cuisine. Il faut vraiment que je me reprenne parce que là ça devient compliqué. Comment je vais bien pouvoir dire ça à Tyler ? Autant sa vie, disons professionnelle, ne me dérange pas, mais avec un bébé, comment ça va se passer et puis lui, est-ce qu'il est prêt à vivre tout ça ? Est-ce qu'il est prêt à être père ? Et moi, est-ce que je suis prête ? Certains jours, j'ai tellement de boulot que je n'ai pas le temps de changer de pyjama, alors changer des couches…

Emma revient vers moi avec une tasse de ce qui semble être de la tisane et ma bouteille de vodka secrète. Devant le regard désapprobateur que je lui lance, elle reste de marbre et me répond.

— Eh c'est toi qui es enceinte, pas moi !

— Merci de me le rappeler.

Elle pose tout sur la table et s'assoit à côté de moi.

— Bon, tu ne m'as pas répondu. Qu'est-ce que tu comptes faire ?

Je place mes deux mains sur mon visage et commence à le frictionner.

— Je ne sais absolument pas Emma.

Elle se sert un verre et me regarde de manière réconfortante en plaçant sa main dans mon dos.

— Ok, de toute façon on n'a pas deux cents solutions, c'est soit tu le gardes, soit tu avortes, soit tu le places à l'adoption.

— Décidément, nos conversations s'améliorent de jour en jour.

— Morgane, je suis désolée de te le dire mais je n'ai pas de baguette magique pour changer les choses, donc il faut qu'on réfléchisse la tête froide.

— Tu as raison, il faut que je me calme et que je pose toutes les options devant moi.

Elle commence à déguster doucement son verre et contre toute attente, je prends doucement ma tisane et commence à la sentir.

— Ok donc premier point à éclaircir, comment le dire à Tyler.

— Merde, Tyler !

Elle rit doucement.

— Alors on va reprendre, pour faire un bébé, il faut un papa et une maman.

C'est bête mais sa remarque me fait rire.

— Vas-y, moque-toi de moi.

— Jamais je n'oserais. Donc, Tyler…

— Je ne sais même pas comment lui annoncer un truc pareil.

— Mais toi, tu le veux ou pas ce bébé ?

— Franchement je ne sais pas, mais je peux enlever une option.

— Laquelle ?

— Je ne ferai pas adopter cet enfant. Il est hors de question que je laisse un petit être perdu dans ce monde sauvage et que je ne sois pas là pour le protéger donc ce n'est pas une option.

— Ok bien, mais du coup ça nous laisse la grande question : être ou ne pas être maman.

Je finis par boire un peu de tisane et je constate qu'Emma y a mis une pointe de miel, comme je l'aime d'habitude. Mais je ne sais pas pourquoi, aujourd'hui elle a un goût amer. Notre conversation prend fin lorsque nous entendons des coups sur la porte.

— Tu attends quelqu'un ?

— Non et Tyler n'est supposé rentrer que ce soir.

Emma se lève et se dirige vers la porte. Je la bénis mentalement de m'éviter d'y aller. Un grand sourire apparait sur son visage et elle ouvre grand la porte.

— Bon sang Hayden, ça fait une éternité !

Emma et mon frère se tombent littéralement dans les bras. Personnellement, si on me demande, alors oui, j'adore mon frère, mais il ne pouvait pas plus mal tomber que maintenant.

— Ma petite grande sœur est là ?

Emma se détache de lui et me montre dans un mouvement ample du bras. J'essaie de faire bonne figure en me levant du canapé en souriant. Ayant eu une énième nausée ce matin, je suis toujours en mode tenue d'intérieur pas très sexy mais je fais au mieux pour cacher le fait que je suis perturbée.

Mon frère me lance un des sourires charmeurs dont il a le secret et s'avance vers moi d'un pas rapide.

— Mince, on n'a pas eu le temps de se voir depuis mon retour, à part pour les déjeuners chez les parents.

Il vient m'enlacer et je lui rends volontiers son geste. Emma mime un gros ventre et je lui fais une grimace pour qu'elle arrête, il est clair que ce n'est ni le jour ni l'endroit pour lui parler du fait qu'il va peut-être devenir tonton. Hayden se sépare de moi et me regarde.

— Tu sais que tu as vraiment une seule gueule, Morgane ?

— Mais c'est que tu es gentil tout plein aujourd'hui.

Il se tourne et remarque la bouteille sur la table.

— Ah, je vois que je suis arrivé au bon moment, vous en êtes au goûter-apéro ?

Je ne sais pas quoi faire, il est évident que je ne vais pas pouvoir boire. Merci mon Dieu, Emma vole à mon secours.

— Je suis à l'apéro-goûter, ta sœur ne se sentait vraiment pas bien, d'où ma présence à cette heure chez elle.

Mon frère se tourne vers moi sincèrement inquiet.

— Tu es malade ?

Une fois de plus, Emma vole à mon secours.

— Non elle n'est pas malade, elle a… mangé un truc bizarre hier.

Hayden lève un sourcil.

— Ouais, j'ai voulu essayer un nouveau traiteur pakistanais et visiblement, ce n'est pas pour moi.

Pakistanais ? Mais qu'est-ce que je raconte moi, normalement je ne bouffe que de la bonne nourriture américaine et éventuellement, quand je veux changer, je prends du tex-mex.

— J'ai l'impression de ne plus te reconnaitre, Morgane.

— Pourquoi tu dis ça, mon frère ?

Je passe une main dans mes cheveux pour me donner un peu plus d'aplomb.

— Tu tentes la bouffe pakistanaise, tu sors avec un voyou, tu traines chez toi à seize heures en pyjama.

— Oh tu sais, j'ai bientôt trente ans, ça doit être la crise dont tout le monde parle.

Je ne suis pas sûre qu'il ait vraiment gobé ça mais que faire d'autre ? Je ne peux pas lui dire que j'ai rencontré Tyler suite à une dette contractée par notre père et que je suis tombée raide de lui, ni que je suis enceinte ni que je dois travailler comme une malade afin d'arranger les choses. Merde, ma vie est vraiment compliquée vue comme ça.

— Enfin bref, ta sœur a sa crise de la trentaine un peu en avance et moi je vire alcoolique à picoler toute seule à seize heures, tu te joins à moi ?

Hayden sourit à Emma et prend place sur le fauteuil en face du canapé sur lequel je me jette royalement et Emma aussi. Il va vraiment falloir que je la remercie pour ce qu'elle vient de faire.

— Mais tu bois quoi ?

— La base, mon très cher Hayden, vodka pomme.

— Ok je suis partant.

Emma part rapidement dans la cuisine prendre un verre en plus et lui sert.

— Alors, raconte-nous, c'est comment l'Angleterre ?

— Franchement, c'est super déstabilisant.

— C'est vrai ? Pourquoi ?

— Déjà, ils parlent avec un accent particulier et nous n'avons clairement pas le même vocabulaire.

— C'est vrai ?

— Oui, au début j'étais complètement perdu, il m'a bien fallu un mois pour m'y faire. Mais j'ai réussi à prendre le pas.

— Imagine si tu avais eu ta bourse en France ou en Espagne.

Il rit bien volontiers.

— C'est clair que ça aurait été une autre épreuve.

Emma a des étoiles dans les yeux. Je sais très bien qu'elle a toujours rêvé de voyager mais elle n'a jamais trouvé le temps de le faire ou peut-être qu'elle ne veut tout simplement pas le faire toute seule. Enfin bref, elle est pleine de questions pour Hayden et j'avoue que de les voir m'aide peu à peu à me détendre.

— Et Londres, c'est comment ?

— Si tu savais, c'est tellement différent d'ici, surtout au niveau de la conduite.

— Ah oui, pourquoi ?

— Ben ici on a de grandes routes bien larges, là-bas ils ont des routes parfois tu te demandes comment ils font pour conduire et ils ont des ronds-points et les monuments là-bas, c'est quelque chose comparé à ici.

— C'est dingue, j'aimerais trop voir ça.

— Pourquoi toi et Morgane vous ne viendriez pas quelques jours quand j'y retourne ? Ça pourrait vous faire du bien un petit break et je pourrais vous montrer Londres.

Emma semble tout excitée à cette idée. J'avoue que pour moi, parler voyage à cet instant me parait complètement surréaliste.

— Et toi tu en penses quoi, Morgane ?

— Ma foi, il faudra qu'on en reparle. Mais dis-moi, tu restes avec nous encore combien de temps ?

— Je suis supposé repartir dans trois jours, c'est pour ça que je suis venu.

Merde, j'étais tellement dans mon travail et ma vie perso que je n'ai même pas pu profiter de mon frère comme je le fais d'habitude.

— J'ai eu l'impression que tu m'évitais et maman et papa sont super bizarres quand on parle de toi.

Je sens une certaine gêne m'envahir. Ok, je ne suis pas spécialement d'accord avec le fait de cacher la vérité à Hayden mais j'ai promis de garder le secret.

— Tu dois te faire des idées.

Je tourne la tête vers Emma et je la vois qui prend une immense gorgée de son verre. Si elle continue à boire aussi vite, elle risque d'être pompette dans pas longtemps.

— Non je te jure, hier encore je leur disais que je ne t'ai presque pas vue depuis mon arrivée et maman m'a dit que tu avais trop de travail et puis avec ton homme et tout, et tout… Bref, elle a tout fait pour que je ne bouge pas d'un pouce de la maison. En plus, cette histoire de maman qui travaille et papa qui fait l'homme de ménage, c'est super perturbant.

— Moi je trouve super que vos parents échangent les rôles à leur âge.

Emma est aussi mal à l'aise que moi et je ne vois pas vraiment comment rebondir. Elle se ressert un verre et tente de changer une nouvelle fois de discussion.

— Et tes amours ?

Hayden a un petit sourire en coin.

— Je me débrouille, je n'ai rien de sérieux mais je me débrouille.

— Oh, donc monsieur beau gosse Hayden fait des ravages outre-Atlantique ?

Hayden prend une gorgée de son nectar et garde un air mystérieux.

— On peut dire ça. Tu sais, les femmes européennes sont bien différentes des femmes d'ici. D'ailleurs, en parlant de vie sentimentale, Morgane, c'est quoi ce mec ?

Cette fois, je crois que je ne vais pas pouvoir y échapper. Depuis qu'Hayden est arrivé, il pose toutes les mauvaises questions et j'ai de plus en plus de mal à trouver des parades. Je ne sais pas comment font les menteurs compulsifs pour gérer leurs mensonges au quotidien mais une chose est sûre, pour moi, cette situation est des plus inédites et dure à gérer. Cependant, je peux dire une chose à Hayden sans mentir et sans avoir honte de moi.

— Ce mec comme tu dis, c'est Tyler. Pour être honnête, je ne m'attendais pas à tomber amoureuse de lui, enfin oui et non.

— Comment ça ?

— Il était dans le même bahut que moi au lycée et j'avais un gros crush sur lui.

— Ok, le syndrome du mauvais garçon au lycée je comprends, je crois même que tu m'en avais parlé.

— Y a des chances.

Hayden et moi avons toujours été proches, nous avons quatre ans d'écart et je dois reconnaitre que durant mon adolescence, mon frère, qui n'était pas dans mon collège, était en quelque sorte ma bouée et mon confident, il connait tous les secrets inavoués de cette période.

— Mais bon, y a une différence entre une ado qui a un crush sur un looser et une jeune femme bien dans sa vie qui sort avec un malfrat notoire.

— Ce n'est pas un malfrat !

Oui, pour l'instant Tyler traine avec un club de motards et il a admis lui-même qu'il trempe dans des affaires louches. Mais une chose est sûre, Tyler va changer et il veut une vie normale.

— Hayden, il est… il est différent des hommes que j'ai rencontrés.

— On dirait que tu tiens vraiment à lui.

Emma affiche un grand sourire car elle et moi savons que sans le vouloir je viens d'admettre que je l'aime vraiment. Ce n'est pas juste un crush ou autre. Cela dit, en toute honnêteté, ça ne m'avance pas plus sur ma situation actuelle. Je veux dire, je ne sais toujours pas comment réagir face à la nouvelle que je viens d'apprendre.

— Oui, je tiens à lui et même si notre couple te parait improbable, j'ai envie d'essayer.

— Et lui ?

— Comment ça lui ?

— Il a aussi envie d'essayer d'être avec toi ?

Emma a une voix un peu pâteuse mais c'est elle qui répond :

— Ben en tout cas, il en donne l'impression.

Hayden lui sourit. Eh oui, elle commence clairement à partir dans un autre monde.

— Ah ouais ?

— Tu oublies que j'habite en face de chez ta sœur, et je peux te dire que depuis quelque temps, j'ai du mal à venir la voir en soirée.

Elle boit une autre gorgée alors que mon frère tourne un regard entendu vers moi.

— C'est à ce point-là ?

— Oui Hayden, je suis vraiment bien avec lui, même si je ne sais pas vraiment de quoi demain sera fait. Mais j'ai envie d'y croire.

La voix un peu pâteuse d'Emma se fait entendre.

— Qui aurait cru que cette dette soit finalement la meilleure chose qui puisse arriver ?

Mon sang ne fait qu'un tour et je me fige. C'est pas vrai, dites-moi qu'Emma ne vient pas de faire ce que je pense qu'elle a fait. Le visage de mon frère se transforme et je vois que des centaines de questions commencent à se former dans son esprit.

— Une dette ? Morgane, tu as des dettes ?

— Non pas ta sœur, tu la connais, elle passe ses journées devant son ordi.

— Alors qui ?

— Hayden, ne l'écoute pas, elle est un peu pompette.

Emma semble réaliser ce qu'elle vient de dire et me regarde paniquée.

— Euh… oui je crois que l'alcool est monté trop vite.

Hayden commence à s'énerver.

— Bon ça suffit, vous en avez trop dit ou pas assez !

— Non vraiment petit frère, il… Il n'y a rien.

— Morgane, ne me mens pas !

— Calme-toi, Hayden…

— Emma, c'est toi qui as commencé alors finis.

Emma ne sait plus où se mettre. Elle pousse un long soupir et me regarde complètement désolée. Mon cœur bat à cent à l'heure.

— Hayden, ta famille voulait te le cacher parce qu'on connait tous ton caractère.

— Emma s'il te plait, ne dis p-

— Non Morgane, laisse-la parler !!

Je suis au pied du mur et j'ai l'impression que mon monde s'écroule, je ne sais vraiment pas quoi faire. Emma est encore plus mal que moi mais elle continue.

— Ton père a perdu son travail et il a contracté une dette auprès d'un club de motards qui se réunit à l'Angel Snake. Quand ta sœur et ta mère l'ont appris, elles sont allées là-bas pour trouver une solution. C'est comme ça que Morgane s'est retrouvée avec Tyler…

Hayden ne dit rien mais je le vois serrer les dents.

— Écoute Hayden, l'affaire est close ok ?

— Ils vous ont menacés ?

— Hayden, c'est fini. Avec maman, on a presque tout remboursé et…

— Je t'ai posé une question ! Est-ce que ces mecs vous ont menacés ?

— Tu vois, c'est exactement pour ça que les parents et moi on ne voulait rien te dire !

Il se lève d'un bond, les yeux révulsés par la colère.

— Alors c'est ça, tu as été obligée de te vendre à lui comme comme une vulgaire… Une… Merde !!

— Non, non, tu fais fausse route. Je suis vraiment bien avec Tyler, je te jure !

— Tu parles, ce mec te tient à cause de cette dette ! Je vais le tuer, putain !

— Hayden, calme-toi, ce n'est pas du tout ce que tu crois…

— Et tu vas devoir coucher avec combien de motards pour ça ? C'est qui après Tyler ? Hein, réponds !

— Putain Hayden, écoute-moi, tu te plantes complètement. Je…

Mon frère ne me laisse pas finir et part en direction de la porte, l'ouvre avec une telle violence que j'ai l'impression que les murs tremblent.

— Hayden !

— T'en fais pas Morgane, maintenant que je suis au courant, je vais mettre fin à tout ça. À *ma* manière.

Il ne m'écoute même pas et claque la porte derrière lui me laissant seule avec Emma. J'ai un très mauvais pressentiment.

— Morgane je… Je suis désolée.

Elle ne peut même pas imaginer à quel point moi aussi.

Chapitre 12

– Tyler –

Il n'est pas plus de dix heures quand Teddy et moi nous garons devant un hangar désaffecté à la sortie de Passaderos. L'endroit n'est franchement pas top mais je ne pense pas qu'on puisse faire ce genre de transaction dans un lieu public lambda. Cela dit, depuis hier, Teddy et moi avons un mauvais pressentiment. Certes, nous avons suivi notre plan en nous montrant sur la route et au bar de l'hôtel, nous avons aussi appelé le fameux Ricardo qui nous a dit de nous rendre ce matin ici, mais tout est tellement étrange. On ne peut pas dire que Teddy et moi soyons des novices, c'est bien pour ça que toute cette affaire nous laisse un goût amer. Nous descendons de nos bécanes et avançons vers le hangar à pas incertains.

—Je t'avoue que je me languis que tout ça soit terminé.

— Moi aussi mon pote, j'ai hâte d'être dans les bras de Morgane ce soir et d'en finir avec tout ça. Au fait, tu as bien donné l'enveloppe à Wyatt ?

— Oui t'inquiète, ta brune ne craint plus rien.

— Tu vois, rien que ça, ça me rassure.

— Pourquoi tu as fait ça avant de partir ?

— S'il nous arrive quelque chose, je ne veux pas qu'elle ait à gérer Ugo ou Wyatt.

— Mec tu me fais peur là. Déjà que je la sens pas cette histoire…

— Ouais je sais, mais j'ai préféré prendre les devants.

Je tente de masquer mon incertitude derrière mes lunettes de soleil et une attitude sûre. Nous arrêtons de nous disperser dans cette conversation et entrons. Le hangar est plein de caisses, de bris de verre et de barres de fer. Au centre, une dizaine de gars se tiennent là autour d'une table improvisée. Ils ont des gilets en cuir avec le nom des Viper inscrit dessus et au moins deux d'entre eux ont le fameux 1% inscrit sur le devant. Je vois que nous sommes face à des types qui ne rigolent pas. Je resserre un peu plus la pression sur le sac de sport que je tiens et qui contient l'argent de la transaction et continue d'avancer. Teddy et moi faisons face à ces hommes.

— Salut.

— Donc vous êtes les représentants des Brother Hood ?

— C'est bien ça. Et tu dois être Ricardo ?

Le gars n'est pas spécialement grand, il a le crâne rasé et la peau très mate mais je remarque surtout ses yeux. On dirait deux revolvers prêts à tirer sur nous à n'importe quel moment. Mais j'y vois aussi de la dévotion. Ce mec, qui ferait probablement trembler Morgane, m'apparait comme un mec fiable et surtout un type qui serait prêt à tout par loyauté.

— Oui, donc les gars, vous avez fait un petit bout de chemin pour venir nous voir ?

— C'est ça, on nous a dit que vous aviez une bonne affaire pour notre club.

— Il parait.

Il est évident que Ricardo et ses hommes nous étudient de la tête aux pieds. En même temps, c'est la première fois qu'on se rencontre et les Viper ne sont pas forcément connus pour être nos alliés. Cela dit, ce ne sont pas nos ennemis non plus.

— Vous avez l'argent ?

— Vous avez la marchandise ?

Il claque des doigts et un des gars derrière lui s'avance avec un sac qu'il pose sur la table. Je suis un peu choqué de voir que cinquante kilos tiennent dans un simple sac.

— Ricardo, je ne veux pas me permettre de douter ou quoi que ce soit mais t'es sérieux ?

Un sourire apparait au coin de sa bouche.

— Tu as des doutes, gringo ?

Teddy semble assez surpris aussi.

— Oui mon gars, on a de gros doutes.

Ricardo se tourne vers ses hommes et commence à rire avec eux.

—¡Ey! Chicos, son dos allí, creo que hay un problema.

Ses hommes commencent aussi à éclater de rire. Mais avant que je n'aie le temps de m'énerver ou même de traduire ce que dit Ricardo, un van noir rentre dans le hangar. Tout se passe très vite, une dizaine de gars descendent avec des fusils mitraillettes au poing et ouvrent le feu. Nous et les Viper avons juste le temps de sauter sur le côté afin de nous cacher derrière des caisses. Je ne sais pas comment c'est arrivé mais je me retrouve appuyé sur une caisse aux côtés de Ricardo. Je tourne la tête de droite à gauche mais je n'arrive pas à situer Teddy.

— Sympa l'accueil chez vous.

—C'est les Russes. Ils ont pas franchement aimé que j'accepte de bosser avec vous.

Il sort un flingue de sa veste et moi je sors le mien.

— Ok amigo, tu sais utiliser ton jouet ?

—Tu me prends pour qui ?

Les balles fusent de tous les côtés et j'ai du mal à trouver un angle de tir correct. Je me penche pour essayer d'y voir plus clair.

— Amigo, j'espère que tu sais ce que tu fais.

Je me retourne vers Ricardo une nouvelle et un sourire sûr s'affiche sur mes lèvres.

— Eh gringo, t'inquiète.

Je retourne à mon point de vue et commence à tirer sur un des hommes. Mon premier tir fait mouche et l'un des Russes s'écroule sur le sol.

— Bien joué amigo.

Ses félicitations n'ont pas vraiment le temps de monter jusqu'à mon cerveau qu'un deuxième van entre avec de nouveaux hommes qui en descendent.

— Putain, c'est tout Moscou qui débarque ou quoi ?

Je vise directement l'un des hommes qui s'écroule au sol et Ricardo en fait tomber un aussi.

—Joli tir.

— T'es pas mal non plus, amigo.

Je regarde devant moi et vois un Russe, une espèce d'armoire à glace s'avancer vers notre planque de fortune. Je n'hésite pas une seconde et lui tire une balle, il s'effondre royalement devant nous. Les bruits de tirs commencent peu à peu à se calmer et de là où je surveille la scène, je vois la plupart des Russes au sol. Rapidement, le bruit des vans se fait entendre. Ricardo, toujours accroupi derrière la caisse, lance des mots en espagnol.

—TODOS ESTAN BIEN!!

Peu à peu, les voix des hommes commencent à envahir l'espace du hangar.

— Teddy !

Mon appel à mon ami reste dans le vide.

— Teddy ?

Je me relève doucement et regarde autour de moi. Les gars font tous comme moi mais je ne vois mon pote nulle part.

— L'un de vous a vu mon pote ?

— Amigo !

L'un des gars qui vient de se lever me fait signe de m'approcher, je cours littéralement en me demandant comment diable Teddy a fait pour arriver si loin de moi alors qu'au début de la fusillade nous étions côte à côte.

Quand j'arrive derrière une énième grosse caisse, je vois Teddy affalé le dos au mur et ses deux mains sur sa jambe gauche.

— Putain, Teddy !

Du sang s'écoule un peu partout sur son jean et ses doigts.

—T'inquiète frère, c'est juste une égratignure.

Il est blanc comme un linge et son regard semble dans le vague.

— Ok, tu ne bouges pas. Ricardo ?

Ricardo arrive en courant vers moi.

— Que passa amigo ?

— C'est mon frère, il est blessé.

— C'est bon les gonzesses, c'est rien de grave.

— Ferme-là Teddy.

Avec son fort accent, Ricardo prend la situation en main.

— Ok, tu vas le mettre sur ta moto et vous allez nous suivre.

Il se tourne vers ses hommes et se met à aboyer des ordres. J'aide Teddy à se relever et il prend appui sur moi. Nous sortons du hangar.

— Merde mec, je ne vais pas laisser ma bécane aux gringos.

— T'inquiète, on reviendra la chercher. Je l'aide à s'installer sur ma selle et me place derrière le guidon. Rapidement, je reconnais le cuir des Viper et l'un des motards me fait signe de le suivre. Il ne me faut pas longtemps pour leur emboiter le pas. Teddy tangue à chaque mouvement brusque.

— Tiens bon, mon pote.

Il me répond par de petits grognements. D'un côté je suis rassuré parce qu'il semble réveillé mais d'un autre, je sens qu'il ne va pas tenir longtemps. J'accélère encore à la suite de la délégation de Viper qui ouvre la voie et je reste sidéré par leur rapidité à gérer.

En moins de dix minutes, nous arrivons devant une espèce de bar-restaurant en bois qui semble être isolé de tout. Les motos de mes hôtes s'arrêtent devant et je les imite. Ricardo est le premier à enlever son casque. Il descend en urgence de sa moto et rentre dans l'établissement. Je descends aussi de ma moto.

Teddy me fait peur, il est de plus en plus blanc et ressemble à un mec bourré.

— Ok mon pote, va falloir tenir.

Ricardo ressort du bâtiment avec deux gars assez costauds qui portent aussi le blouson des Viper.

— Esta aqui.

Les deux motards viennent de chaque côté de lui et le soutiennent pour pouvoir rentrer.

—Attends Ricardo, qu'est-ce qu'il se passe ?

— Fais-moi confiance amigo.

—Mais vous l'emmenez où ?

Ricardo passe sa main sur mon épaule et m'entraine vers l'intérieur.

— Comment tu t'appelles ?

— Tyler.

— Ok alors écoute Tyler, toi et ton pote, vous avez franchement géré face aux Russes, le moins que mon club et moi puissions faire, c'est de s'occuper de ton pote.

Je hoche la tête et rentre. Je suis très surpris par ce que je découvre. Il s'agit d'une immense pièce assez grande et très sombre avec des tables et des chaises. Au fond, il y a une table de billard avec des fléchettes et sur la droite, un immense comptoir qui occupe tout le mur.

Ricardo me conduit vers lui et fait signe à une magnifique Mexicaine qui se trouve derrière. Rapidement, elle nous amène deux bières.

— Tyler, je te présente Marta.

— C'est le copain de l'autre Américain qui est dans ton bureau ?

— Ouais, ils étaient avec nous quand les Russes se sont pointés.

Elle acquiesce, visiblement ce genre d'événement est normal chez les Viper.

— Ton ami…

— Teddy.

— Donc ton ami Teddy est entre les mains de Miguel, c'est un ancien médecin de l'armée qui nous a rejoints après son service, donc ne t'en faiS pas, ok ?

— Putain qu'est-ce qu'il s'est passé ?

— Les Russes, amigo, les Russes. Ils nous avaient dit qu'ils n'acceptaient pas qu'on arrête notre collaboration.

— Mais comment ils ont su ?

Ricardo regarde dans le vague, visiblement préoccupé par la situation.

— Toi et ton amigo, vous n'avez dit à personne où nous avions rendez-vous ?

— Non, même notre Prez n'était au courant de rien.

— Donc il n'y pas d'autre explication, il y a forcément une taupe dans mon équipe.

Je prends une gorgée de bière et réfléchis à ce qu'il vient de dire. Comme quoi, même dans les clubs les plus soudés, certains membres transgressent les règles.

— On a récupéré la came et l'argent, amigo. Quand ton ami sera rétabli, on pourra faire affaire, mais il faut que je te dise un truc avant.

—Je t'écoute.

— Quand on est arrivés ce matin, un de mes gars nous a dit que la police des frontières était très agitée aujourd'hui et qu'ils arrêtaient tous les motards qui passaient.

Je commence à comprendre. Les Viper étaient tellement sur leurs gardes lors de notre arrivée à Teddy et moi, ils ont dû penser que nous avions arrangé un truc avec la police.

— Tu penses que c'est ta taupe qui a balancé le fait qu'on avait un deal avec la police ?

— J'en sais rien Tyler, autant je peux comprendre qu'un de mes gars soit une balance pour les Russes, après tout, ils ont des moyens de pression et beaucoup d'argent mais j'ai du mal à comprendre pourquoi il nous balancerait aux flics.

— Et les Russes ?

— Quoi les Russes ?

— Ils auraient pu nous balancer ?

— Aucun intérêt pour eux. Regarde, ils sont venus nous chercher pour récupérer la came, quel intérêt de la laisser aux flics ?

— T'as pas tort.

— Non, le coup de la douane je pense que ça vient de votre côté. Note, vous n'auriez pas risqué grand-chose.

Je suis surpris par sa phrase. Je lui lance un regard interrogatif et Ricardo éclate de rire.

— Ne le prends pas mal Tyler.

Il claque sa main sur mon épaule.

— On avait rempli les sacs de laxatifs pour bébé, vos clients auraient juste eu une bonne grosse diarrhée.

Je reprends une gorgée, songeur. En temps normal, j'aurais trouvé ça drôle mais là j'avoue que de savoir que j'ai risqué ma vie pour du laxatif pour bébé, ça me fait moyennement rire. Mais en y réfléchissant bien, je tiens peut-être quelque chose.

— T'inquiète amigo, après la façon dont je t'ai vu gérer avec les Russes, tu as ma confiance, je te donnerai ce pourquoi tu es venu.

— Pas si vite Ricardo, je repense à ce que tu me dis.

— Sur quoi ?

— Les flics, si vraiment quelqu'un leur a dit pour Teddy et moi, peut-être que tu ferais mieux de me filer le laxatif.

Il éclate de rire et boit son verre cul sec.

— Elle est bonne celle-là.

— Non je suis sérieux, tant qu'on ne sait pas qui a parlé aux flics et qui a parlé aux Russes, c'est risqué, surtout avec Teddy blessé. Je ne sais même pas si on va pouvoir rentrer aujourd'hui.

Ricardo semble réfléchir à ce que je dis et finit par m'offrir un sourire satisfait.

— C'est que t'en as dans la caboche toi. Mais pour l'argent ?

— On va faire affaire ou pas ?

— Bien sûr, amigo, bien sûr.

— Si tu ne peux pas partir aujourd'hui, nous vous accueillons ici avec ton pote sans problème.

— Pourquoi tu as changé aussi facilement d'idée sur nous ?

— Je t'ai vu dans le hangar, amigo. Dans ton attitude, dans ta façon de tirer, t'es un mec sûr, je sais que je peux te faire confiance.

J'acquiesce, je ne sais pas si c'est vrai mais en tout cas une chose est sûre, je veux vivre, retrouver Morgane et arrêter tout ça.

— Pour être honnête Ricardo, je voulais arrêter cette vie avant de venir, je ne veux plus de tout ça.

Ricardo me scrute. Pendant un instant, j'ai même l'impression qu'il essaye de lire au plus profond de moi.

— Tu as rencontré une chica ?

Je pouffe dans mon verre.

— Alors ?

— Oui effectivement, j'ai rencontré une *chica*. C'est un vrai ange et j'avoue qu'elle compte pour moi.

— Je vois.

— J'ai proposé à mon Prez de devenir un membre inactif de mon club pour pouvoir ouvrir un business avec le gars que tes hommes rafistolent dans ton bureau.

Ricardo sourit et pose sa main sr mon épaule.

— Ah les femmes, il n'y a qu'elles pour faire d'un bon biker un mec droit.

Je suis étonné de ses mots, Wyatt voit les femmes comme des objets et un moyen de se distraire. Pour lui, le club est la seule chose qui compte et un membre de son club doit absolument se dévouer corps et âme au club.

— Pour être honnête avec toi amigo, ici aussi on veut changer quelques trucs. Mon vice Prez vient de devenir papa et lui non plus ne veux plus risquer sa vie pour rien, c'est pour ça qu'on a décidé d'arrêter de travailler avec les Russes et qu'on achète de nouvelles affaires légales au fur et à mesure.

— Tu veux dire que votre club va se transformer ?

— Je suis le Prez de ce MC depuis dix ans. Quand j'ai pris la relève, il n'y avait pas une semaine où l'un de nos frères ne finissait pas par manger les pissenlits par la racine ou entre deux officiers de police. Mais maintenant, nos activités, disons parallèles, sont mineures et disparaissent petit à petit. C'est d'ailleurs pour ça que nous avons accepté de collaborer avec vous.

— Je ne comprends pas bien.

— On savait qu'il nous fallait une bonne raison pour arrêter de travailler avec les Russes et on voulait aussi des alliés. Par contre, on n'avait pas pensé que la situation allait aussi vite déraper.

— Donc votre but premier était de faire en sorte que votre activité cesse ?

— Oui.

Un grand bruit nous parvient du fond de la salle, derrière une porte qui se trouve sur la droite de la table de billard qui s'ouvre en grand.

— Merde ! Pourquoi vos murs et votre sol ne sont pas droits ?

Je vois Teddy sortir de là, visiblement un peu groggy, mais surtout très faible. Je ne remarque que maintenant qu'un immense soulagement s'empare de moi. Je me pousse du bar et cours presque vers lui.

— Teddy, ça va ?

J'arrive devant lui et passe mon bras sous ses aisselles pour l'aider à marcher.

— Mec, j'ai l'impression que je viens de prendre la plus grosse cuite de tous les temps.

— Non mec, par contre tu as pris une balle.

Teddy éclate de rire et les deux gars qui l'ont emmené dans le bureau sortent, le sourire aux lèvres. L'un d'eux lui claque l'épaule et Teddy manque de tomber.

— Mec, ton pote, c'est quelque chose à soigner.

— Mais il va bien ?

— Ouais tout va bien, la balle a juste frôlé la jambe. Mais on a quand même dû faire des points de suture.

— Les gars, je vous remercie et tout mais je crois que Tyler et moi on va se rentrer à Riverfront et oublier tout ça.

Les gars qui l'ont soigné me regardent en acquiesçant.

— On lui a donné des antidouleurs donc normalement, ça devrait le faire, vous pourrez rentrer d'ici une ou deux heures.

— On peut même y aller maintenant.

— Non mec, on va attendre un peu. On a des choses à préparer.

Teddy a encore un peu les yeux dans le vague et il ne semble pas comprendre de quoi je parle.

— Ok amigos, venez prendre un verre, on va parler de tout ça et trouver une solution.

J'aide Teddy à marcher jusqu'au bar. Il semble évident que nous avons tous les trois des choses à nous dire. Nous devons trouver une solution pour rentrer en sécurité à la maison. Putain Morgane, tu me manques, et je promets que je reviendrai en pleine forme à la maison.

Chapitre 13

– Morgane –

— Écoute maman, c'est sorti, c'est sorti. Si on ne lui avait pas caché la vérité, les choses seraient différentes.

— Morgane, on ne lui a rien dit justement pour éviter tout ça, Dieu seul sait ce que ton frère va faire maintenant.

— Je sais, j'essaye de l'appeler mais je n'ai aucune réponse de sa part.

— Attends, ton père essaye aussi de le joindre.

— Je suis tellement désolée, Mary.

Emma a dessaoulé immédiatement après le départ de mon frère et elle est au bord des larmes. Ma mère pousse un soupir à l'autre bout du fil.

— Emma, tu n'y es pour rien, c'est nous qui aurions dû mieux gérer les choses.

— Mais Mary, c'est moi qui lui ai dit pour tout.

— Ne t'en fais pas, Emma. Morgane, on va essayer de trouver ton frère, tu as une idée ?

— Il est parti en disant qu'il allait arrêter tout ça.

— Est-ce qu'on peut au moins appeler la police ?

— Et pour leur dire quoi ? Qu'on doit de l'argent à un club de motards et que mon frère tout droit revenu de Londres a décidé de s'en occuper lui-même ?

— Tu as raison, on fait quoi alors ?

— Écoute je vais aller au Angel Snake et voir s'il n'est pas là-bas.

— Bonne idée, Tyler sera avec toi ?

— Il est parti hier mais je pense qu'il doit rentrer dans la soirée, il va probablement aller là-bas en premier.

— Morgane, je n'aime pas cette idée de te laisser y aller toute seule.

Emma me saute dessus et attrape le téléphone.

— J'y vais avec elle Mary, ne vous en faites pas, cette situation est ma faute, je vais faire ce qu'il faut pour arranger les choses.

— Ok, avec Peter, on va chercher dans le coin. Quand Hayden était petit, il allait dans certains endroits pour se détendre, on va essayer de voir si peut-être il est là-bas. Morgane, fais attention à toi.

— Promis maman.

Je raccroche le téléphone et regarde ma meilleure amie qui ne semble pas bien du tout.

— Ok j'y vais.

— Comme je l'ai dit à ta mère, je viens avec toi.

J'attrape mes clés et sors précipitamment de chez moi, Emma sur mes traces et nous rentrons rapidement dans ma voiture. Emma se met au volant et moi du côté passager. Je tremble tellement que j'ai peur de finir par ne plus pouvoir contrôler mes mouvements.

— Je suis vraiment désolée, Morgane.

— Arrête avec ça, tout est ma faute.

— Non c'est moi et tu n'as pas besoin de ça en ce moment.

— Personne n'a besoin de ça à aucun moment, Emma.

— T'as pas tort. Mais ça va toi ?

— On va faire aller. Attends deux secondes.

Je compose le numéro de Tyler. Je sais qu'il n'est pas tout à fait dix-huit heures mais peut-être qu'il est déjà arrivé. Je pose le téléphone contre mon oreille. Malheureusement, mon appel tombe directement sur messagerie. Je dois bien reconnaitre que ça m'énerve au plus haut point. Est-ce que mes hormones commencent déjà à me jouer des tours ? Je ne sais définitivement pas quoi ressentir.

En fait, si, je sais. Je suis complètement choquée par rapport à ma grossesse, je suis inquiète pour Hayden, je suis énervée contre Tyler et mes parents. Finalement, la seule qui trouve grâce à mes yeux là maintenant, c'est Emma. Mais là encore, je suis irritée qu'elle ait tout dit à Hayden, même si je sais qu'elle n'a pas voulu tout ça. Sincèrement, j'ai juste envie de hurler et de lâcher la pression. Une rapide question traverse mon cerveau. Comment j'en suis arrivée à ça en si peu de temps ? Mais cette question est rapidement remplacée par la peur qui nait au fond de mon estomac pour Hayden.

— Merde, est-ce qu'il avait vraiment besoin de réagir comme ça ? Il avait vraiment besoin de se mêler de toute cette affaire ?

— Morgane, je crois que c'est exactement pour ça que tes parents ne voulaient pas lui en parler.

— Je sais mais merde il n'a plus quinze ans, il pourrait parfois agir comme un adulte et pas toujours comme un gosse.

— Ne t'énerve pas ma belle. C'est mauvais pour le bébé.

— Comment tu veux que je reste calme dans ce genre de cas ?

— Morgane, je suis sûre que tout va bien, ok ?

— Comment ça pourrait aller bien ? Je veux dire, regarde les choses en face !

J'en suis presque à hurler, comme si un cri pouvait faire sortir toutes les émotions qui sont en moi. Mais je sais pertinemment que ce n'est pas le cas et que devenir hystérique ne servira à rien. Je prends une immense inspiration et me concentre sur la route.

— Je suis désolée Emma, je n'aurais pas dû crier.

— Ça va, je te comprends. Je crois bien que je serais pire si c'était ma famille qui était impliquée.

— Entre ça et le bébé, c'est peut-être un peu trop pour une journée.

— C'est clair mais il va falloir que tu te remettes sur pied parce que là, on arrive.

Je regarde autour de moi et vois le parking presque vide à l'exception de quelques motos, je dirais un peu moins d'une dizaine, et une voiture. Emma fait une manœuvre et se gare face à la sortie.

— Pourquoi tu fais ça ?

— Je sais pas, on va peut-être avoir besoin de partir en courant ?

— Pour l'amour de Dieu, Emma, on n'est pas dans un film.

— Franchement je n'en sais rien, je ne suis jamais venue dans ce genre d'endroit auparavant.

— Tu crois vraiment que je suis une spécialiste de ce genre de truc ?

— Je n'ai pas dit ça, mais je crois que là, on va devoir y aller.

Je suis venue sans sac, sans maquillage et en jogging. Le moins qu'on puisse dire, c'est que si Emma a raison et qu'on doive courir pour sauver nos vies, je suis prête. Je peux en dire autant d'Emma, elle n'a pas non plus de sac, mais elle est maquillée et habillée d'un jean, d'un t-shirt noir et d'une paire de Converse de la même couleur. Autant dire que oui, on est prêtes. Du moins, on est prêtes à courir. Pour le reste, je ne sais pas du tout à quoi m'attendre. Certes, je viens tous les samedis soirs mais je dois rester au max dix minutes, je ne fais pas vraiment attention à ce qu'il se passe ou à ce qu'il se dit. Pour être honnête, je n'ai pas vraiment envie de voir ce qu'il se passe dans ce bar.

— Ok ma belle, on y va ?

— Oui, qu'on en finisse.

Nous descendons de la voiture et une fois devant le parechoc, Emma se rapproche de moi afin de mettre son bras dans le mien.

— J'espère vraiment qu'Hayden n'est pas dans ce bar.

— J'espère aussi.

Pour être honnête, ma détermination prend un sacré coup et je ne suis plus aussi sûre qu'il y a deux minutes que ça soit une bonne idée de venir ici. Sérieux, je déteste cet endroit. Il me fout les jetons depuis le premier jour. C'est vrai que quand je viens en sachant que Tyler est là, c'est autre chose, je sais pertinemment que je n'ai rien à craindre. Mais ce soir, c'est une autre histoire. En plus, je ne sais pas dans quel état d'esprit a pu venir Hayden s'il est là.

Mentalement, j'essaie de me rappeler qui j'ai bien pu rencontrer dans ce club qui pourrait éventuellement me protéger. Cela dit, hormis Tyler, je connais… son pote Teddy, et c'est tout. Les autres sont justes des gros bras qui me regardent bizarrement. Tyler m'a même dit que l'un de ses *frères*, comme il les appelle, fait une vraie fixette sur moi. Je recommence à trembler légèrement. Il faut vraiment que j'en termine avec toute cette affaire.

Nous montons les quelques marches devant l'établissement et Emma resserre son bras autour du mien. Des bribes de musiques et de rires nous parviennent au travers de la porte entrouverte. Emma soupire violemment.

— Ok c'est parti.

Je pousse la porte et remarque que la plupart des gars se trouvent rassemblés au fond de la salle en demi-cercle autour du mur et rigolent. Seul un jeune motard se trouve au comptoir et nous regarde. Il ne doit pas avoir plus de dix-huit ans, mais tout à coup, ses yeux s'écarquillent en nous voyant et il part rejoindre le groupe.

Nous n'avons pas encore fait un mouvement mais le jeune part retrouver un homme d'une cinquantaine d'années et semble lui dire quelque chose à l'oreille. L'homme se retourne vers nous et m'envoie un sourire mauvais. Il est plus petit que Tyler mais plus massif, il a des cheveux mi-longs gris et une barbe de trois jours. Je suis choquée par son air négligé et surtout par l'aura dangereuse qui s'échappe de lui. Quand il ouvre la bouche pour parler, j'ai l'impression que sa voix est si puissante qu'il arrive à faire vibrer les murs.

— Mais quelle surprise ! Les gars, regardez qui est là !

Tous les hommes dans la pièce se retournent vers nous, seule la musique brise le silence qui vient de s'installer. Emma se penche à mon oreille et murmure.

— Pour une arrivée discrète, on repassera.

— Messieurs, je vous présente mademoiselle Morgane Pears.

Des sifflements se font entendre et quelques gars se poussent, me laissant voir ce qu'il se trouve au milieu de ce demi-cercle. Emma me lacère littéralement le bras en découvrant la même scène que moi. Je suis totalement sous le choc de voir Hayden au sol, son œil droit saigne abondamment, ses vêtements sont partiellement déchirés, un mélange rougeâtre coule de sa bouche et d'énormes hématomes sont déjà bien visibles sur sa joue.

— Mon Dieu, Hayden !

J'ai l'impression de ne plus voir personne dans la pièce ni de n'entendre aucun autre bruit que mon cœur qui bat la chamade. Je me détache d'Emma et cours vers mon frère. Cependant, l'homme d'une cinquantaine d'années se met sur le chemin et me retient par les deux bras.

— Minute papillon, tu vas où ?

Je tente de me dégager de son emprise en gesticulant mais l'homme est beaucoup plus fort que moi et je ne réussis qu'à lui faire resserrer son emprise sur moi.

— Lâchez-moi.

L'homme rit de bon cœur et se retourne vers son public.

— Eh, on dirait que la petite puce ici présente pense qu'elle peut m'impressionner.

Je vois le visage de ces sales types se transformer sous le coup de cette bonne blague, ce qui m'énerve de plus en plus.

— Laissez-moi aller voir mon frère.

Il me lâche et j'arrive à genoux à côté d'Hayden.

— Mon Dieu mais qu'est-ce qu'ils t'ont fait ?

Hayden arrive à peine à articuler la fin de sa phrase.

— C'est bon, je vais bien.

— Tu n'en as vraiment pas l'air.

— Oh ça va, on a juste un peu joué avec lui.

L'un des gars se met à crier depuis l'entrée.

— Eh Prez, celle-là essayait d'appeler les flics.

Hayden et moi reportons notre attention sur le gars qui crie et on voit qu'il tient fermement Emma par le bras et qu'il brandit son téléphone de l'autre main. Il la traine presque pour se rapprocher de nous. Celui que le gars vient d'appeler Prez la regarde de la tête aux pieds.

— Et t'es qui toi ?

— Personne d'important.

Il la regarde maintenant avec un regard salasse et je me demande vraiment comment tout ça va finir. Secrètement, j'espère que Tyler va se pointer d'un moment à l'autre pour nous sauver, un peu comme un héros ou comme un prince charmant. Pour la première fois depuis longtemps, oui j'ai vraiment besoin de croire que ce putain de prince charmant existe et qu'il va s'occuper de nous.

— Eh Prez, les filles de ce bar s'améliorent de plus en plus, même celle qui est par terre, si on lui colle des fringues potables, elle sera au top.

— Tu ne la reconnais pas ?

Je reconnais cette voix, c'est celle du mec chauve qui était venu chez mes parents il y a à peu près un mois de ça. Il m'arrive encore d'avoir des sueurs froides en me demandant comment les choses auraient évoluées si c'était avec ce mec que j'avais dû gérer la situation. Le gars qui tient Emma la jette avec nous et elle arrive à genoux à nos côtés. Je ne peux m'empêcher de la prendre dans mes bras.

— C'est la nana de Tyler.

Une vague de sifflements parcourt l'assistance.

— Eh ouais les gars, je vous présente la gonzesse pour laquelle notre frère, notre très cher vice Prez, a décidé de nous trahir.

— Attends Wyatt, quoi ?

— Eh oui les gars, cette fille a fait en sorte que Tyler nous trahisse et parte avec la came, je ne m'attendais pas à ce qu'elle vienne ici.

Les trahir ? Mais de quoi il parle ? Et pourquoi il parle de drogue ?

— Non Wyatt, Tyler ne ferait jamais ça.

— Ah oui ? Alors pourquoi il n'est pas de retour ici ? Il devait rentrer il y a plusieurs heures et il n'est toujours pas là.

— Ils ont peut-être eu un problème sur la route ?

— J'ai essayé de l'appeler et je suis tombé sur sa messagerie directement.

Je suis sûre que Tyler est tout sauf un traitre. Il m'a promis de revenir sain et sauf en partant et je pouvais dire à son regard qu'il était sérieux. Il n'aurait jamais déserté son club ou moi. Enfin moi, je n'en sais rien encore, mais son club, j'en suis sûre.

— C'est des conneries !

Les gars tournent un regard interloqué sur moi.

— Pardon ?

— Tyler ne vous trahirait jamais ! Il vous considère comme sa famille, jamais il ne ferait ça. Quant à dire qu'il le ferait pour moi, c'est insensé, pourquoi je serais venue ici sinon ?

Un murmure parcourt le groupe de motards.

— Ouais, Tyler est réglo…

— Elle a pas tort…

Je vois que mon plaidoyer a déstabilisé le fameux Prez qui me lance un regard noir.

— Alors ça veut dire que tu n'avais pas spécialement d'importance pour lui alors.

Un vrai duel de regards se joue entre lui et moi. Si vraiment Tyler devait revenir il y a plusieurs heures et qu'il n'est pas là, il doit y avoir une raison autre que la trahison, j'en suis certaine.

— Peut-être que je n'ai pas d'importance pour lui, j'en sais rien, mais je sais que ce n'est pas un lâche qui se casse avec de l'argent ou de la drogue comme ça sans rien dire à sa famille.

Un rictus diabolique se forme sur sa bouche et je crains déjà ce qu'il va me dire.

— Si Tyler est si droit que ça, explique-moi pourquoi il n'a pas soldé ta dette ?

—Je lui ai demandé de ne pas se mêler de ça.

Il rit de plus en plus fort, j'ai l'impression de parler avec un mec atteint de démence.

— Décidément, tu as réponse à tout. Mais dis-moi, si Tyler est le prince charmant que tu espères tant, tu ne crois pas qu'il aurait pu gérer ça en amont et ne rien te dire ?

Je vois bien qu'il vient de mettre un doute raisonnable dans la tête de ses hommes qui, si j'en crois la tête de mon frère, sont capables d'une extrême violence.

—Dis-moi gamine, tu te rappelles d'Ugo ?

Le Ugo en question me fait un immense sourire qui me donne la chair de poule.

— Eh ben lui était d'accord pour s'occuper de ta dette contre une toute petite soirée avec toi, donc tu vois ma belle, tu as misé sur le mauvais cheval.

— Je n'attends pas d'une bande de sauvages capable de casser la gueule de mon frère à plusieurs de comprendre ce que le commun des mortels appelle les sentiments.

Le fait de les traiter de sauvages ne les enchante visiblement pas et j'entends presque des grognements.

— Eh miss, ton frangin s'est pointé ici tout feu tout flamme.

Emma intervient avec un air dégoûté.

— Et grands comme vous êtes, vous avez eu tellement peur de lui que vous lui êtes tombés dessus à plusieurs.

— Bon ça suffit la bande de sœurs Theresa. Maintenant on va parler différemment.

Ok, c'est officiel, là j'ai vraiment peur. Contre toute attente, la première pensée qui me vient est qu'il ne faut sous aucun prétexte qu'ils ne me frappent le ventre. Je crois que je viens de trouver la réponse à ma question de tout à l'heure. Je veux ce bébé, je veux mon bébé et je veux l'élever avec l'homme que j'aime et qui semble avoir disparu. Je veux sortir de cette merde et je veux qu'Emma soit la marraine, je veux que mon frère aille jouer au foot avec lui ou elle et je veux que mes parents puissent continuer à être dans leur monde et une envie que je n'avais jamais ressentie jusque-là pointe le bout de son nez. Je veux vivre. Je ne m'étais jamais posé la question jusqu'ici mais là, c'est une évidence, je veux vivre.

— Donc déjà petite miss, toi et ton bulldog, vous allez trouver un moyen de nous rembourser et avec les intérêts.

Emma crie de nulle part plus effrayée qu'autre chose.

— Ce n'était pas l'accord !

— Vous avez passé ce putain d'accord avec un traitre, ça ne tient plus. À partir de maintenant, on remet les compteurs à zéro. Vous nous devez donc vingt mille.

Je serre les dents, comment est-ce que je vais pouvoir me sortir de là ? Emma intervient une nouvelle fois.

— Ok c'est bon, on va vous payer, le temps de vider nos comptes.

Hayden et moi avons clairement la bouche ouverte. Mais visiblement, notre réponse ne convient pas au Prez.

— Non, je veux l'argent maintenant, ou alors il va vous falloir trouver un autre moyen de nous payer…

Hayden essaye de se relever mais je pose ma main sur son épaule, il est à moitié dans le coltard et s'il tente une nouvelle fois de faire face à ces mecs, je crains qu'il ne soit plus en état de se lever ni même d'aller à l'hôpital.

— Ok, je vois qu'on a un accord. Alors les filles, vous voulez commencer par lequel d'entre nous ? On peut s'y mettre à plusieurs, on n'est pas jaloux…

Je suis dégoûtée par ce qui est en train de se passer et je ne rêve que d'une chose, que Tyler arrive et nous sauve. Je le souhaite tellement que j'ai presque l'impression d'entendre sa moto se garer à l'extérieur. Je rêve tellement de ce son que j'ai l'impression qu'il passe au-dessus de la musique, des rires de ces mecs et du regard pétrifié d'Emma. Faites qu'il arrive, faites qu'il soit là pour nous sauver tous les quatre. Mais est-ce qu'il arrivera à temps et surtout, est-ce qu'on va s'en sortir ?

Chapitre 14

– Tyler –

Ricardo et ses hommes nous ont conduits jusqu'à la frontière à quelques kilomètres seulement de la douane. Nous nous garons tous sur le bas-côté.

— Ok amigos, on ne va pas pouvoir aller plus loin si on veut avoir l'air discret.

J'ai envie de rire. Effectivement, quinze motos avec des mecs qui ont tous plus ou moins des tronches de repris de justice, ça fait tourner les yeux et ça ne passe pas inaperçu.

— C'est déjà cool de nous avoir escortés jusque-là.

— Ouais les mecs, c'est cool, merci.

— Normal amigos, on s'est fait un petit baptême de sang donc voilà…

— Ça va aller pour les corps ?

— Oui t'inquiète Tyler, le ménage est déjà fait, j'ai envoyé quelques nettoyeurs.

— On fait comme on a dit pour la marchandise ?

— Ouais pas de soucis, on attend l'arrivée de tes frères pour la récupérer et fais attention que la police ne sniffe pas trop de laxatifs.

Teddy éclate de rire.

— En même temps, s'ils veulent tester tous les sachets, ce n'est pas moi qui vais les arrêter.

Je souris à la remarque de mon ami. Teddy a eu besoin d'un peu plus de trois heures pour revenir à lui. Certes, il va falloir faire un petit tour à l'hôpital dès notre arrivée à Riverfront mais c'est surtout le retard qu'on a pris qui me dérange. Je n'ai pas pu appeler Wyatt de la journée et j'ai peur qu'il se fasse du mouron pour nous. Je dois admettre que ce qui nous attend à la frontière m'inquiète aussi.

— Ok c'est l'heure.

— Ok amigo, à bientôt et surtout, si vous passez dans le coin, n'hésitez pas à venir au club, on a tout ce qu'il faut : de la bière, des femmes et de la bouffe.

— C'est sa femme qui va être ravie.

Ricardo sourit et me claque l'épaule avant de faire signe à ses frères de faire demi-tour. Dans un bruit semblable à celui d'une tempête, les Viper repartent sur les routes qu'ils connaissent mieux que personne.

— Ok Teddy, maintenant c'est toi et moi.

— Tu crois vraiment que les flics nous attendent ?

— Ricardo semble le penser et vu qu'il croit avoir une taupe dans son équipe, il est possible que ce soit la même dans notre club.

— Tyler, je te jure que j'ai du mal à imaginer l'un de nos frères faire un truc pareil.

— Je sais mais on ne le saura que quand on y sera.

Nous remettons nos casques et lançons notre bolide en direction de la frontière. Rapidement, nous nous retrouvons face à de nombreuses guérites. La frontière qui sépare le Mexique des États-Unis est immense. Il y a du côté mexicain, comme du côté américain, des gardes armés qui surveillent les voitures et motos. Teddy et moi avons décidé de passer par la même allée. Quitte à se faire choper, autant le faire rapidement pour pouvoir sortir aussi vite.

Étrangement, là où les files de voitures autour de nous attendent sagement, notre file passe à toute vitesse. Je prends une grande inspiration. Cette rapidité à traiter les voitures devant nous n'est pas anodine. Ricardo avait raison, on a probablement été balancés. Mais par qui ? C'est ça que je dois découvrir et c'est de là que je pourrai prévenir Wyatt. Mais au moins, ma dernière opération sera un succès. Je tourne la tête et regarde Teddy, je devrais plutôt parler de notre dernière mission. On arrive finalement devant le douanier qui nous regarde de manière trop intéressée pour être honnête.

—Señores, ¿algo que declarar?

— Désolé amigo, je pige pas ta langue.

Le douanier prend visiblement mal ma remarque et reprend d'un ton blasé dans notre langue avec un fort accent.

— Messieurs, vous avez quelque chose à déclarer?

— Nope.

Il fait le tour de nos bécanes sans jamais y toucher, ce qui me semble suspect, surtout que les sacs de laxatifs sont juste devant son nez, on a tout fait pour qu'ils soient faciles à trouver.

Franchement, vu le temps qu'on a perdu, je n'ai pas non plus envie de subir une fouille profonde. À ma grande surprise, le douanier nous fait signe qu'on peut passer. Je ne comprends rien, pourquoi nous laisser passer ? Il est évident que toute cette mise en scène n'est pas claire. Cependant, nous ne sommes pas en mesure de faire quoi que ce soit. Je remets les gaz et pars en direction de Riverfront. Teddy est juste derrière moi. Quelques kilomètres plus loin, il me fait signe de me ranger sur le bas-côté. Je m'exécute et sans couper le contact, j'enlève mon casque. Teddy n'attend pas une seconde.

— C'était quoi ça ?

—Je ne sais pas, Teddy.

— Dis-moi que je suis pas le seul à avoir trouvé ça bizarre.

— Non c'est clair, c'est le passage en douane le plus rapide de l'histoire, surtout pour des motards.

— Il se passe définitivement quelque chose mais je ne comprends pas ce que c'est.

— Écoute, de toute façon on n'a pas trop le choix, on doit rentrer.

— T'as raison.

— Dans deux ou trois heures max nous serons à la maison si on se bouge donc on va voir ce qui nous attend. En plus, on sait qu'on n'a rien à craindre.

— C'est bon, on y va.

Nous remettons tous les deux nos casques et taillons la route. Il est évident qu'on ne trouvera pas de réponse sur le bas-côté alors mieux vaut rentrer au plus vite pour savoir ce qu'il se passe. Une pointe se fait sentir au creux de mon estomac. On ne va pas se mentir, je sais qu'on est juste au début d'une nouvelle aventure que je ne vais pas forcément aimer.

La réponse nous apparaît subitement alors que nous ne sommes qu'à quelques mètres de l'Angel Snake. Au milieu de la route, un immense barrage de police nous attend. Il doit y avoir au moins une dizaine de voitures de police ainsi qu'une cinquantaine d'hommes qui grouillent un peu partout. Malgré moi, je repense aux paroles de Ricardo, «*fais attention que la police ne sniffe pas trop de laxatifs.* » C'est clair que si les cinquante hommes ici présents se shootent au laxatif, ça risque d'être un gros bordel dans pas longtemps.

Teddy et moi ralentissons et finalement, nous stoppons nos motos. Je tourne la tête vers mon ami de toujours et nous échangeons un regard qui veut tout dire en enlevant nos casques. Je place la béquille de ma moto au sol afin de descendre. Il est évident que je ne partirai pas d'ici sans une grande explication avec le chargé d'enquête.

Et j'avoue que je ne suis pas surpris lorsqu'un visage plus que familier s'approche de nous avec son blouson estampillé de la police et son badge bien visible pendu à une chaîne.

— Messieurs, c'est un plaisir.

Brown affiche un sourire satisfait qui ne présage rien de bon. C'était donc ça le plan, lui nous attendant avec son équipe afin de nous empêcher de passer. Cela dit, j'aimerais vraiment savoir qui a pu lui dire pour la livraison.

— Inspecteur Brown, c'est un plaisir de vous voir.

— Arrête tes conneries Johns, tu sais pourquoi on est là, alors tu as deux choix, soit tu nous donnes ce qu'on veut et on tente un arrangement, soit tu joues au con et à ce moment-là c'est dix ans ferme.

Cette fois, c'est à moi de sourire. Il ne sait pas que nous avons déjà anticipé cette situation et que finalement, il va passer pour un abruti d'avoir monté une telle opération pour du laxatif de bébé. Mais je préfère garder mon jeu secret encore un peu et tenter de glaner des informations.

— Je ne vois vraiment pas de quoi vous parlez, inspecteur.

Il lève la main et quatre agents en uniforme se rapprochent de nous.

— Descendez de vos bécanes et laissez-nous faire notre travail.

Teddy et moi nous exécutons. Il ne faut pas être un génie pour trouver la cargaison. Ricardo m'a expliqué, lorsque nous étions au Mexique, que s'il a choisi du laxatif, c'est parce qu'au niveau consistance, c'est la poudre qui ressemble le plus à de la cocaïne. Le temps de l'analyse va être rapide mais ça nous laissera le temps d'en apprendre davantage. Du moins je l'espère.

D'ailleurs, l'un des agents qui s'occupe des fouilles lève la main.

— Chef, c'est bon, je l'ai !

Brown sourit de toutes ses dents.

— Alors les gars, une confession à nous faire ?

—Comment vous dire chef, je suis choqué.

Teddy retient un immense sourire et s'empêche de s'écrouler de rire. Brown nous regarde tous les deux, notre assurance évidente semble le déstabiliser. Si une chose est sûre à propos de Brown, c'est qu'il est clairement intuitif. C'est d'ailleurs l'une des raisons qui en fait un bon flic. Si seulement j'arrive à le mettre de mon côté, je suis à peu près certain que la situation va tourner à mon avantage.

Il fait signe à l'agent qui tient le fameux sac de s'approcher de nous. Il regarde le butin qui est à l'intérieur.

—Cette fois, vous êtes faits comme des rats.

— Brown, je ne veux pas créer de problème mais je pense qu'une analyse risque de mettre à mal votre opération.

Le sourire de Brown disparaît de son visage et je sais qu'il a compris que quelque chose clochait.

— Johns, Rouvier votre self control est trop évident. Je peux savoir ce qu'il se passe ?

— Je crains que vous n'aimiez vraiment pas ce qui va suivre.

Il fait signe à l'agent de partir. Je note que celui-ci file comme l'éclair vers un camion au logo de la police et s'engouffre à l'intérieur.

— Cette poudre va vous mener en prison et vous faites comme si de rien n'était ?

Teddy a du mal à se retenir mais nous avons mis notre stratégie en place au Mexique avec Ricardo.

— Je ne crois pas.

Brown est de plus en plus agité devant moi. Il sait que notre calme n'est pas normal.

— Vous savez ce que nous sommes en train de faire, n'est-ce pas ?

— Si je ne m'abuse, vous faites des tests afin de savoir si cette fameuse poudre est bel et bien de la drogue, c'est ça ?

— Effectivement.

— Je peux savoir ce qui vous fait penser que mon ami ici présent et moi-même sommes des passeurs ?

Brown fait tourner son cerveau à dix mille à l'heure. L'agent qui était parti dans le camion quelques minutes plus tôt revient, la mine défaite. Un échange silencieux entre lui et Brown démarre. Brown lève son menton vers lui et l'agent secoue la tête de manière négative. Brown serre les dents et se retourne vers nous.

— Vous avez planifié tout ça, n'est-ce pas ?

Je prends ma mine la plus innocente pour lui répondre.

—De quoi parlez-vous ?

— Arrête de me prendre pour un con, Tyler !

La patience et les bonnes manières de Johns l'ont vraisemblablement quitté. Je pense qu'il vient de comprendre que quelqu'un l'a pris pour un imbécile. Certes, Teddy et moi avons notre part de responsabilité mais qui peut nous en vouloir d'avoir tenté de sauver nos miches de la prison. Et encore, je m'estime heureux d'avoir pu trouver un appui inattendu en la personne de Ricardo.

—Et alors, tu m'appelle par mon prénom, on devient familiers, Brown ?

Son visage devient rouge puis, aussi soudainement qu'il s'était emballé, il redevient calme.

— Ok, on va tous se calmer.

— En ce qui nous concerne, nous sommes calmes.

—Je vois ça.

C'est maintenant que je dois le mettre dans ma poche.

— Je peux savoir qui vous a dit que nous revenions aujourd'hui ?

Il soupire mais semble comprendre que son intérêt est de parler avec nous, du moins pour sauver sa place. Car je suis certain que monter une telle opération pour un résultat aussi pourri va lui amener une sacrée dose de problèmes.

— Donc tu veux la jouer comme ça, Johns ?

—C'est à dire ?

— On la joue donnant-donnant ?

— Pourquoi pas ?

— Dans ce cas, il va falloir me suivre au poste.

— Franchement, je suis pas fan des pièces fermées, par contre, selon ce qu'on va apprendre, je peux éventuellement te proposer de te dire quelques trucs en toute discrétion.

Je tends une main franche à Brown. Je peux voir qu'il hésite mais finalement, il me tend la sienne et nous les serrons. Brown est ce qu'il est mais c'est un homme de parole. La preuve, il y a cinq ans de ça, il a promis de tous nous mettre en prison pour nettoyer les rues de la ville et le moins qu'on puisse dire, c'est qu'il ne ménage pas ses efforts.

— Ok très bien, qu'est-ce que tu veux savoir ?

— Question à mille dollars, qui t'as parlé de nous ?

Il tourne la tête pour regarder dans le vague puis reporte son attention sur moi.

— J'ai reçu un appel anonyme l'autre soir sur mon portable.

Je l'écoute avec attention. Un appel anonyme ? Quand ? Où ? Pourquoi ? Seuls les membres de notre club savaient pour la transaction et encore, personne ne connaissait les détails.

— Quand ?

— Avant-hier soir plus exactement, on m'a dit que vous faisiez semblant d'être en vacances mais que vous alliez rencontrer des Russes au Mexique afin de passer un deal.

Des Russes ? Mais c'est quoi cette histoire ?

— Le temps que je contacte les autorités mexicaines et qu'ils mettent une opération en place, vous étiez déjà à la frontière.

— Je vois, et qu'a dit cet informateur anonyme ?

— Que vous alliez arriver à Riverfront avec plus de cinquante kilos de drogue. À moi maintenant, juste pour savoir, c'est quoi dans ce sac ?

— Oh la poudre ? C'est du laxatif pour bébé.

— Pourquoi diable vous avez ramené…

Je ne lui laisse pas le temps de finir, j'ai un mauvais pressentiment pour la suite des événements et je ne peux pas le laisser me questionner sans fin.

— Bref, le comité d'accueil, c'est suite à un appel anonyme, ça j'ai compris, mais la question que je me pose c'est qui vous a donné cette information ?

Il souffle une nouvelle fois.

— Je vais être honnête, j'ai eu du mal à y croire au début mais ça fait un petit moment que je suis sur vos traces à toi et à ton club et même si le message ne donne pas de nom, je crois avoir reconnu la voix. C'est pour ça qu'il m'a fallu un temps pour agir. J'ai trouvé ça vraiment étrange qu'il vous balance.

Il ? C'est donc un homme. Mais qui putain ?

—Vous avez l'enregistrement ?

La police remballe rapidement leur barrage improvisé et certaines voitures commencent déjà à partir. Oh oui, il va y avoir des explications à donner côté force de l'ordre. Brown regarde autour de lui. Je sais qu'il n'a pas le droit de me faire écouter des preuves et il semble peser le pour et le contre.

— Si je reconnais la voix, je pourrai vous aider à l'appréhender et vous pourrez retourner la situation. Brown, on sait tous les deux que vous allez avoir de gros problèmes avec votre hiérarchie suite à cette opération ratée.

— Ok.

Il sort son portable de sa poche, va dans sa messagerie et appuie sur un message récent. Lorsque la voix s'envole du portable, j'ai l'impression de tomber de vingt-cinq étages, je n'en crois pas mes oreilles.

« *Brown, j'ai un scoop pour toi, deux renégats des Brother Hood vont revenir demain du Mexique. Ils auront cinquante kilos de cocaïne pure avec eux suite à un deal avec les Russes. Ils doivent arriver dans l'après-midi, il s'agit de Tyler Johns et de Teddy Rouvier. Si tu veux les attraper, tu peux le faire facilement, le club se désolidarise de leur action.* »

Le message s'arrête là mais la voix... Je sais exactement qui a passé cet appel, même si je ne comprends pas pourquoi. Je me tourne vers Teddy qui est aussi stupéfait que moi.

— C'est pas sérieux !

— Vous venez de l'entendre, je n'ai rien inventé.

Je reste sans voix. Je ne sais absolument pas quoi dire.

— Vous reconnaissez cette voix, n'est-ce pas ?

Teddy répond avant moi en disant ce que nous savons tous.

— Comment ne pas la reconnaître.

— C'est clairement Wyatt, vous le savez et on vient de le découvrir.

— C'est pour ça que je ne voulais pas y croire au début, je ne comprends pas pourquoi votre boss vous aurait dénoncé.

— Moi non plus, j'avoue.

Pourquoi ? Pourquoi Wyatt ferait un truc comme ça ?

— Tyler, est-ce que tu crois que c'est parce qu'on voulait prendre nos distances avec le club ?

— Tu étais avec moi Teddy, Wyatt nous a dit que c'était bon, qu'il acceptait.

—Attendez, quoi ?

Je réalise que Brown est toujours là et que notre conversation est loin d'être terminée.

—Brown, est-ce que tu as autre chose ?

— Non, pourquoi ?

— Vous avez monté toute cette opération par rapport à ce simple message ?

— Mes responsables, au vu de la réputation de votre club et des antécédents, ont jugé que le doute était fondé et qu'il fallait agir. Mais j'avoue que j'attendais votre arrivée pour y voir plus clair.

Je réfléchis un instant mais je n'arrive toujours pas à comprendre ce qu'il se passe.

— Johns, j'ai besoin de savoir pourquoi vous étiez au Mexique.

— Je comprends que vous puissiez avoir pas mal de questions mais je crois sérieusement qu'avant d'y répondre, nous devrions aller voir la personne qui est au cœur de tout ça.

Brown me regarde. Tout à coup, il semble intéressé par ce que je propose.

—Je vous écoute.

— Voilà ce que je propose, vous me mettez sur écoute et je retourne au club pour confronter Wyatt.

— Et moi, tu veux que j'aille cueillir des fleurs pendant ce temps ?

—Toi Teddy, tu vas à l'hôpital pour te faire soigner, tu es trop faible pour intervenir dans cette affaire.

Brown regarde Teddy sans sembler comprendre.

— L'hôpital ? Mais pourquoi ?

— On va dire que mon pote s'est pris un projectile non déterminé mais je vous promets que vous aurez bientôt toutes les réponses à vos questions, alors vous en dites quoi ?

— Tu veux dire que tu es d'accord pour jouer les infiltrés ?

— Pas le choix. Si je la joue bien, vous saurez tout et vous aurez même toutes les preuves pour arrêter Wyatt.

Brown réfléchit un instant mais je sais que je viens de lui faire la proposition du siècle et qu'il ne peut pas refuser. Quoi qu'il arrive, il tient Wyatt, même si c'est pour un délit mineur.

—Ok, ça marche. Rouvier, je vais demander à une équipe de t'emmener à l'hôpital. Johns, viens avec moi.

— Attendez, juste une chose, Brown.

— Quoi encore ?

—J'y vais mais je veux deux choses. La première, personne d'autre que Wyatt ne doit être impliqué et deuxièmement, je veux l'immunité.

— Johns, je ne peux définitivement pas t'arrêter pour transport massif de laxatifs et la personne avec qui tu as fait ton deal ne peut pas non plus être impliquée. Après, tout va dépendre de ce qu'il se dit et de comment les choses vont évoluer.

Au moins c'est clair, Ricardo et son club vont être tranquilles et moi je vais obtenir des réponses. Parce qu'on ne va pas se mentir, j'ai besoin de savoir pourquoi celui que j'ai toujours considéré comme un père vient de se retourner contre moi ? Putain ça me rend fou. Une boule d'inquiétude nait dans mon estomac. Vu ce qu'il vient de faire, je repense à ses propos concernant Morgane. Est-ce qu'il lui a fait quelque chose à elle aussi ? Non, il n'irait pas la mêler à tout ça, en plus j'ai soldé sa dette.

— Brown, au cas où, il va peut-être falloir y aller avec des renforts.

— C'est bon, j'ai compris, on va y aller avec plusieurs voitures. Ça va effectivement le surprendre de te voir. Alors dis-moi, on va où ?

— Dans l'endroit où on est sûrs de toujours trouver Wyatt. À l'Angel Snake.

Chapitre 15

– Morgane –

—Alors, qui veut commencer les gars ? Visiblement, notre invitée ne sait pas qui choisir.

Bon sang, comment je vais me sortir de là.

— Prez, je ne suis pas sûr que Tyler apprécie qu'on touche à sa femme.

Le Prez se retourne vers celui qui vient de parler.

— Tyler est un traître et cette fille doit de l'argent au club, c'est donc notre propriété.

— Prez, ce n'est pas dans nos habitudes de faire un truc comme ça.

Je vois que les hommes autour de nous se désistent peu à peu et semblent discuter les ordres de leur chef. Je regarde Emma qui s'anime sous l'effet d'un espoir. S'ils continuent comme ça, on va peut-être s'en sortir sans…

— Vous me faites quoi là ? explose le Prez. Ces filles ne sont rien d'autre que des morceaux de viande qui nous doivent du fric et ce mec est un déchet, un sale petit étudiant prétentieux qui se croit mieux que–

— Ah putain ça fait du bien d'être à la maison !!

La voix qui vient de retentir à l'entrée du bar coupe toutes les discussions. Une vague de soulagement s'empare de moi en découvrant que mon héros vient de franchir la porte d'entrée. Les membres du club sont surpris par l'arrivée de Tyler mais c'est surtout le prez qui devient livide. Il est évident qu'il ne s'attendait pas à le voir.

Dans un silence de mort, Tyler s'avance vers le bar comme si de rien n'était. Une fois accoudé au comptoir, il se tourne vers nous et son regard enflammé pourrait transpercer les murs.

— Qu'est-ce qu'il y a Wyatt ? Surpris de me voir ? Pourtant tu savais que je rentrais aujourd'hui ?

La voix de l'homme qui me terrifie depuis mon entrée à l'Angel Snake devient soudain beaucoup moins affirmée.

— Tyler ?

— En chair et en os !

Les gars qui sont autour de nous commencent à se murmurer des choses à l'oreille. Je savais qu'il arriverait. Eux en revanche ont une tout autre vision des choses. Hayden est parcouru d'un spasme et crache une énorme glaire de sang.

C'est là que Tyler réalise ce qu'il se passe. Son sourire s'envole rapidement lorsque son regard croise le mien.

—Morgane, tu vas bien ?

Wyatt éclate de rire.

— C'est tout ce qui t'importe ? Que cette nana aille bien ? Tu n'as pas vu l'état de son frère ?

— Bordel, Wyatt, qu'est-ce que tu as fait ?

— Ce que j'avais à faire, tu étais trop doux avec cette meuf.

— Elle n'a pas à être là, j'ai payé sa dette.

Je suis sidérée, Tyler a payé ma dette ? Sérieusement ? Je lui avais dit de ne pas le faire. Cependant, son aveu plonge l'assemblée dans un énorme chaos. Si Tyler a réglé ma dette, cela veut dire que nous n'avons aucune raison d'être là et donc que le Prez a menti à ses hommes pour qu'ils nous fassent du mal gratuitement. Et j'ai comme l'impression que ça ne plait pas du tout à l'assemblée qui se trouve là.

— Attends Prez, c'est quoi cette histoire ?

Wyatt est de plus en plus agité.

— Putain mais vous comptez croire ce traître ?

— Un traître ? Moi ? Tu es sûr de ne pas te tromper de cible ?

— Tu es parti, on n'avait pas de nouvelles et tu arrives sans la marchandise, donc tu es un traître.

— Tu veux vraiment qu'on parle de ça devant tous nos frères ? Ok c'est bon pour moi.

Le mec chauve qui me regarde d'habitude de manière perverse intervient, passablement confus.

— Qu'est-ce qu'il se passe Tyler ? Pourquoi tu as tant de retard et pourquoi tu n'as pas la marchandise et est-ce que tu as vraiment payé la dette de cette meuf ?

Je profite de la confusion générale pour me lever. Emma m'imite et nous aidons mon frère à se lever.

— Mon cher Ugo, j'ai une très jolie histoire à vous raconter à tous. Mais je vous préviens, vous n'allez certainement pas aimer ça.

—Tais-toi !

Wyatt est non seulement agité mais il semble perdre son calme.

— Pourquoi Wyatt ? Pourquoi tu veux que je me taise ?

—Tu es un putain de traître ! Tu étais prêt à tous nous lâcher pour cette pétasse.

Il dit ça en me pointant du doigt. Je ne comprends pas de quoi il parle.

— C'est pour ça que tu as fait tout ça ? C'est pour ça que tu m'as vendu aux flics ? C'est toi qui as prévenu les Russes ?

Un calme sinistre s'installe dans la salle, seulement brisé par cette musique qui visiblement ne s'arrête jamais. Un des gars prend la parole en regardant son Prez.

— Prez, de quoi il parle ?

Wyatt devient littéralement fou.

— Vous ne voyez pas qu'il dit des conneries ! C'est un enfoiré.

—Ah oui ? Tu veux peut-être que je prouve mes dires ?

— Ferme ta gueule !

Je ne le vois pas venir mais Wyatt m'attrape par le bras et vient coller mon dos contre son torse. Tout à coup, un cylindre froid se pose sur ma tempe. Je suis pétrifiée et j'ai peur pour mon bébé. Je n'ai même pas le temps de le dire à Tyler. Il est là, à quelques mètres de moi et je ne peux pas lui dire qu'il va bientôt être papa. Une larme coule de mes yeux alors que tout mon corps se fige. Tyler paraît paniqué mais il arrive à contrôler ses émotions. Je me déteste à cet instant de ne pas savoir quoi faire.

— Putain Wyatt, qu'est-ce que tu fous ? Elle n'a rien à voir dans cette affaire, c'est entre toi et moi, laisse-la partir.

Wyatt sort un rire de folie qui me fait comprendre que l'homme qui me tient contre lui et qui a un flingue sur ma tête n'a rien à perdre. Au contraire, il est prêt à m'abattre et je ne comprends pas pourquoi il me déteste tellement.

—Tu te fous de moi ? Tout est sa faute ! Avant qu'elle ne se pointe, tu m'obéissais au doigt et à l'œil.

— Wyatt, laisse-la partir.

— Il en est hors de question ! Quand cette pute sera froide, tu reviendras peut-être à de meilleurs sentiments.

Je sens l'arme se resserrer sur mon crâne. Je ne peux m'empêcher de hurler ni même contenir les mots qui sortent de ma bouche.

— Pour l'amour de Dieu non !

Tyler lève les mains en l'air.

— Wyatt, cette affaire, c'est entre toi et moi, personne ici n'a à être impliqué.

— C'est là que tu te trompes, fils.

— Ne m'appelle plus comme ça après ce que tu viens de faire !

— Pourquoi ? C'est moi qui t'ai ramassé quand tu étais un petit branleur sans avenir. Quand ta tarée de mère ne voulait pas de toi, j'ai été là pour toi. J'ai fait de toi un homme, je t'ai ouvert les portes de ma famille, ce club, et je t'ai aidé à faire du fric.

— C'est vrai et je ne reviendrai pas sur toutes ces années.

— Et toi dès que tu as vu cette pétasse, tu as juste tourné le dos à tes frères et à moi pour une simple histoire de baise.

— C'est plus que ça mais je ne te demande pas de comprendre. Mais dis-moi, est-ce que ça valait la peine que tu me dénonces à Brown ? Ça valait la peine d'essayer de me faire tomber et de t'en prendre à elle alors qu'elle ne sait rien ?

Tout à coup, c'est l'apocalypse. Des dizaines de flics rentrent dans le bar. Les motards sont clairement en sous-nombre et sous le choc. Emma et Hayden ne bougent toujours pas, ils sont à seulement quelques mètres de moi et pourtant, ils ne bougent pas, ils ne vont pas se mettre à l'abri.

Un homme d'une quarantaine d'années vient se poster à côté de Tyler et tient en joue Wyatt.

—Spencer, lâche ton arme.

Wyatt éclate une nouvelle fois de ce rire sinistre qui me donne des frissons.

— La police ? T'es sérieux Tyler, tu es venu avec la police ?

—Faut dire que tu les avais mis sur mon chemin du retour.

— Spencer, si tu lâches ton arme, tu pourras encore t'en sortir pas trop mal.

—Jamais, si je dois mourir, elle vient avec moi.

Tyler serre la mâchoire.

— Wyatt, tu as perdu l'esprit. Lâche Morgane.

Puis c'est là que tout bascule. Tyler, qui avait lentement avancé durant toute la conversation, saute sur moi et je ferme les yeux. Je ne veux plus savoir ce qu'il se passe. Contre toute attente, je ne rencontre pas le choc que j'attendais. Non, je me sens au contraire en sécurité et en tombant, je ne heurte que les bras doux de Tyler. Soudain, un bruit assourdissant explose mes tympans.

Deux coups de feu ! Deux coups de feu, et mes oreilles sifflent, je n'entends plus rien.

Puis, comme dans un rêve, une voix familière me ramène parmi les vivants.

—Morgane… Morgane, c'est fini.

Je soulève doucement mes paupières et rencontre le visage doux et inquiet de Tyler.

—Comment tu vas ?

C'est à ce moment que le stress, la peur et la frustration m'envahissent et que j'explose en une crise de larmes hors normes. Jamais de ma vie je n'ai eu aussi peur, jamais je n'ai cru ma dernière heure arrivée, jamais je n'ai cru devoir affronter une situation comme celle-ci. Une voix au loin me fait comprendre qu'il se passe bien des choses autour de nous.

—Appelez une ambulance… et la morgue.

Tyler pose une main protectrice sur mes cheveux.

—Ne regarde pas.

Je m'enfouis contre lui. Je ne sais pas pourquoi mais moi qui d'habitude essaye toujours de répondre et de n'en faire qu'à ma tête, je sens qu'il a raison. Je reste-là, protégée par ses bras et cachée du monde. J'ai bien conscience que nous sommes allongés sur le sol d'un bar mais je n'ai pas envie de bouger. Non, en fait, je n'ai pas la force de bouger. Il resserre un peu plus son emprise sur moi.

— C'est bon chaton, calme-toi, je suis là maintenant.

La mention de ce petit surnom me tire un rire que je n'ai pas vu venir. Cependant, la voix de Tyler trahit son manque d'assurance. Il doit penser que je deviens folle de passer des larmes au rire en quelques instants.

— Ça va ?

— Si tu savais comme j'ai prié pour que tu m'appelles comme ça à nouveau.

Je remonte mon visage vers lui et vois à quel point il est désolé.

— Je suis désolé Morgane, tout ça c'est ma faute.

Je ris à nouveau, je crois que je perds la raison ou alors que mes hormones ont explosé.

— Je t'aime Tyler, mais c'est un sport extrême d'être avec toi.

Une main qui ne vient de nulle part apparaît.

— Mademoiselle, vous feriez mieux de vous lever.

Je reconnais immédiatement l'homme qui était aux côtés de Tyler quelques secondes plus tôt. J'attrape sa main et me relève tandis que Tyler se débrouille de manière très agile.

— On dirait que nous sommes arrivés au bon moment.

Le bar grouille de toutes sortes de personnes en uniforme, des policiers, des infirmiers. Je regarde un peu partout autour de moi lorsque mes yeux s'arrêtent sur une bâche posée au sol. Il n'y a pas besoin d'être un génie pour comprendre ce qu'il se passe. J'avoue que cette vision me provoque le tournis. Les bras de Tyler viennent s'enrouler autour de ma taille pour me soutenir.

— Ne regarde pas.

Il me tire vers la sortie et je n'ai aucune envie d'aller contre le mouvement. J'ai tellement espéré qu'il vienne que maintenant, j'ai l'impression que je suis complète. L'homme est toujours à côté de nous. Vu ses vêtements et sa plaque autour du cou, j'en déduis facilement qu'il s'agit d'un flic, mais quel rôle joue-t-il dans cette affaire ?

— Johns, je crois que tu peux me rendre le micro.

Nous sortons du bar et nous retrouvons immédiatement dans le parking. J'ai l'impression d'atterrir en plein milieu d'un film de série B. Emma et Hayden sont dans une ambulance et je vois ma meilleure amie avec la main sur le dos de mon frère et un appareil à tension sur l'autre. Mon frère quant à lui se fait soigner par une urgentiste qui semble lui désinfecter ses plaies. Un soupir de soulagement s'échappe de moi. Je n'arrive pas à croire qu'on est enfin sortis d'affaire. J'ai l'impression de flotter au milieu de tous ces gens que je n'aurais en temps normal pas rencontrés.

Un urgentiste s'approche de moi.

— Madame, si vous voulez bien venir, on va s'occuper de vous.

Pendant une minute, je me raidis dangereusement. Pour être honnête, je n'ai pas envie de quitter Tyler. Je n'ai pas envie de me séparer de ses bras. Il murmure à mon oreille.

— Ne t'inquiète pas chaton, je suis là et je ne compte pas te quitter.

J'acquiesce et suis toujours auprès de lui. L'homme m'emmène près d'un camion de pompiers et me demande de m'assoir sur un brancard. Tyler garde sa main dans la mienne et me fait un signe de tête pour m'encourager. La voix de ma meilleure amie fend l'air autour de nous.

— Attention, elle est enceinte !

Je lève la tête en provenance de la voix et constate qu'elle court vers moi. Elle est clairement dans un état second et lorsqu'elle arrive à moi, elle reprend son souffle et regarde l'urgentiste.

— Vous avez entendu ? Elle est enceinte.

Je ne prends conscience que maintenant qu'elle vient de dire à tout le monde ce que je voulais garder secret. Mes yeux s'écarquillent et lorsqu'elle me regarde, il lui faut une petite seconde pour réaliser qu'elle vient de lâcher une bombe.

—Merde, je l'ai encore fait ?

Je ne sais pas quoi dire et je hoche la tête de haut en bas. Après avoir annoncé à Hayden la dette de mes parents, elle vient d'annoncer à tout le monde que je suis enceinte. Mes yeux passent sur les gens autour de moi et s'arrêtent sur Tyler. On dirait qu'il vient de prendre un coup de massue sur la tête.

— Tyler, je....

— Attends, quoi ?

— Oh merde, je suis désolée Morgane, je croyais que tu lui avais dit ?

Je reviens une nouvelle fois vers ma meilleure amie en me disant qu'il est urgent qu'on ait une conversation sur ce qui peut être dit et ce qui doit être gardé secret. Mon regard est sévère et Emma baisse la tête.

— Et à quel moment exactement j'aurais pu lui dire ? Au moment où j'avais une arme sur la tête ou au moment où j'ai fait une crise de panique sur le sol ?

— Oui, mis comme ça...

Tyler pose une main sur mon épaule et une autre sur mon visage pour me forcer à le regarder.

—Je crois que je vais retourner voir Hayden.

Je ne réponds pas à Emma ni ne la regarde partir après son coup d'éclat. Je suis perdue dans les yeux de Tyler sans pouvoir déchiffrer son comportement.

—Morgane, tu es....

— Oui Tyler, je suis enceinte.

— Mais pourquoi tu ne m'as rien dit ?

—Parce que je viens de le découvrir, j'ai fait le test tout à l'heure.

Une vague de chagrin s'empare de lui.

— Et qu'est-ce que....

Je ne le laisse pas finir et pose mon doigt sur ses lèvres.

— J'ai eu un moment de panique, j'ai douté, j'avais peur. Mais quand je me suis retrouvée dans ce bar au milieu de ces hommes et que j'ai cru ne jamais en sortir en vie, j'ai compris que je voulais ce bébé. Je le veux, je sais que ça fait peur et je ne sais pas ce que toi tu penses. C'est vrai que je suis assez ennuyante comme fille et que je n'ai pas une vie aussi excitante que la tienne, je ne veux pas te forcer à quoi que ce soit et....

Cette fois, c'est lui qui ne me laisse pas terminer. Il penche son visage vers moi et m'embrasse à en perdre haleine. Il serre mon visage entre ses mains et fait danser sa langue autour de la mienne. Durant un court instant, j'oublie où nous sommes et ce que l'on vient de vivre. La seule chose qui compte, c'est que je suis avec lui. Il met fin à notre baiser mais ne lâche pas mon visage. Un sourire se dessine sur son visage.

— Putain Morgane, tu fais de moi l'homme le plus heureux du monde !

— Tu... Tu veux dire que tu es d'accord pour le bébé ?

—Je suis d'accord pour tout, je te veux toi, je veux le bébé, je veux qu'on vive ensemble et qu'on soit heureux.

— C'est vrai ?

— Morgane, tu as changé ma vie, je te l'ai dit en partant, c'était mon dernier coup, je veux ouvrir un restaurant avec

Teddy et avoir une vie normale. Au début, je voulais le faire pour toi, mais aujourd'hui, je veux le faire pour notre famille.

— Je sais qu'on n'est ensemble depuis pas longtemps…

— Écoute, on va arrêter de se poser des questions et on verra bien où ça nous mène. Mais quoi qu'il arrive, je ne veux vivre cette aventure qu'avec toi.

De nouvelles larmes apparaissent dans mes yeux et je n'arrive pas à les stopper.

— Ne pleure pas chaton, je t'assure que tout ira bien.

— T'es bête. Je pleure parce que je suis heureuse et parce que j'ai faim.

L'urgentiste éclate de rire et je vois que Tyler ne sait plus où se mettre.

— Ne vous en faites pas monsieur, les femmes enceintes sont bien souvent surprenantes.

—Ce qui veut dire ?

— C'est votre premier bébé à tous les deux ?

Nous hochons la tête.

— Ok, monsieur, vous allez monter avec nous dans l'ambulance et on va tous aller à l'hôpital pour faire un check-up. Je vais en profiter pour vous briefer sur la grossesse et le reste.

Je regarde une dernière fois autour de moi et vois le bal des agents qui rentrent et qui sortent de ce bar avec des hommes du club menottés. Je vois le brancard avec une bâche descendre les quelques marches et je vois mon frère et Emma monter dans l'ambulance pour aller à l'hôpital. Oui, c'est bel et bien fini, mais qu'est-ce qui va nous arriver à tous maintenant ?

Épilogue

– Morgane –

Quatre ans plus tard

— May, viens ici !

—Non je vais voir papa !

— May, on est sur un parking, viens voir maman !

Ma fille se retourne rapidement, me tire la langue et file à l'intérieur de L'Angel Snake, aujourd'hui rebaptisé Le diner. Dès qu'on arrive ici, May sait qu'on va voir son père et devient simplement ingérable. Je souris face à cette réalité. Si seulement Tyler n'était pas si tendre avec elle, May serait probablement plus docile face à mon autorité. Eh oui, ma poupée est une vraie fille à son papa. En même temps, c'est un père aimant qui fait tout pour sa fille parce qu'il en est complètement gaga.

Je presse le pas pour réussir à la suivre et rentre dans l'Angel Snake. J'ai du mal à l'appeler Le diner mais je n'ai plus la boule au ventre que j'avais il y a quatre ans après cette fameuse nuit où mon monde a failli basculer.

Ce soir-là, beaucoup de choses ont changé et des liens que je n'imaginais pas se sont forgés entre tous ceux qui y étaient.

Une fois à l'intérieur, je vois mon père derrière la caisse et Tyler et Teddy qui rangent les chaises sur les tables.

L'Angel Snake était un bar qui appartenait au club, c'est toujours le cas d'ailleurs.

En fait, après la mort de Wyatt, le club s'est retrouvé pour une réunion exceptionnelle. Il a été décidé que les membres, à part quelques-uns, en avaient marre de vivre de deals et d'extorsions. Ils ont donc regardé attentivement les comptes du club avec l'aide de mon père et ont découvert qu'ils disposaient de nombreux locaux. Il a donc été décidé que les membres du club se partageraient les locaux pour ouvrir des business 100 % légaux. C'est comme ça que Tyler a non seulement été élu Prez du club mais qu'il a aussi réalisé son rêve d'ouvrir un restaurant.

À la plus grande joie de ma famille, il a non seulement embauché mon père comme comptable du club et des divers business, mais aussi ma mère comme cheffe cuisinière.

May court dans les jambes de son père en criant.

— Papa ! Papa !

Tyler se retourne, le visage radieux.

— Ma poupée !

Il l'attrape dans ses bras et relève la tête pour me chercher. Je m'avance et l'embrasse.

—Beurk ! C'est dégoûtant !

Nous mettons fin à nos retrouvailles avec un sourire en coin. Teddy passe à côté de nous et lance :

— Ben quoi la crapouille, tu crois que t'es arrivée comment ?

— Par la bouche ?

Je fais les gros yeux à Teddy qui éclate de rire.

— Ouais c'est ça.

—Alors toi aussi t'as trop embrassé tata Emma et c'est pour ça qu'elle attend un bébé ?

Teddy devient écarlate et ne sait visiblement pas quoi répondre.

— C'est ça ma poupée, tonton Teddy est un embrasseur compulsif.

Emma et Teddy se sont rencontrés ce soir-là à l'hôpital. Et avec le temps et des rencontres fortuites devant chez Tyler et moi, leur petit béguin s'est transformé en relation tumultueuse. Emma est actuellement enceinte de huit mois et le moins qu'on puisse dire, c'est que Teddy passe un sale quart d'heure.

— Tu as vu dans la presse ?

Tentant de changer de sujet, Teddy nous fait part de sa découverte.

— Non quoi ?

— Brown a été promu chef de secteur.

Depuis que le club a décidé d'arrêter toutes affaires illégales, nous n'avons plus croisé Brown. Cela dit, je ne pourrai jamais assez le remercier pour m'avoir sauvé la vie.

Hayden aussi lui est reconnaissant, c'est d'ailleurs pour ça et pour sa nièce qu'il n'a jamais porté plainte contre les membres du club pour son passage à tabac.

D'après lui, il aurait dû fermer sa gueule et rester à sa place. Que Dieu l'entende. Pour l'instant, il vient de rentrer au pays et entreprend de créer un centre de gestion de la colère.

Une voix nous vient de l'entrée.

— Salut la compagnie, comment va ?

Ugo fait son apparition et regarde autour de lui.

— Ah l'homme que je viens voir.

Il se dirige vers mon père. Cela fait deux ans qu'il a lancé son garage et pourtant, il n'y arrive toujours pas avec la comptabilité. J'ai pas mal changé d'avis sur lui au cours de ces dernières années, c'est un homme bien. Peut-être un peu trop porté sur le sexe, mais c'est un homme bien.

May commence à bouger dans les bras de son père.

— Qu'est-ce qu'il t'arrive, ma poupée ?

— Je peux aller voir mamie ?

Tyler la repose sur le sol.

— Bien sûr, crevette.

— Et pas de bêtises avec maman !

— T'inquiète pas pour ça, mon cœur.

Elle part en courant vers la cuisine où ma mère est probablement déjà attelée à la préparation du service de ce soir. Tyler me prend dans ses bras et me regarde avec amour. Je sais qu'il tient à moi et il me le prouve dès que nous avons quelques minutes.

— Qu'en dit maman ? On va dans le bureau pour faire des bêtises ou pas ?

Je souris comme une débile, bon sang que j'aime cet homme !

— À vrai dire, nous sommes venues te voir pour une raison bien précise.

Son regard devient coquin.

—Ah ?

Je regarde de droite à gauche pour m'assurer qu'une certaine tornade rousse ne débarque pas de nulle part. Une fois rassurée, je me concentre sur l'homme de ma vie.

—Oui, j'ai un petit truc à t'annoncer.

Tyler passe de coquin à surpris. C'est le moment que je choisis pour sortir une enveloppe de mon sac. Il me lâche et la prend pour l'ouvrir. J'ai préparé mon coup pour qu'il soit cette fois-ci le premier à découvrir l'incroyable nouvelle. À l'intérieur se trouvent le test positif de ma grossesse ainsi que la première échographie de nos jumeaux.

— Attends, tu veux dire que…

— Oui, c'est reparti pour les glaces à trois heures du matin et les envies de fajitas.

Pendant ma première grossesse, j'ai rencontré un ami de Tyler, un certain Ricardo, qui est Prez d'un club au Mexique. Il m'avait fait goûter des fajitas de chez lui en disant que celles au poulet étaient les meilleures pour les femmes enceintes. Tyler paraît surpris puis tendrement, il lève son regard vers moi et éclate de rire.

—J'irai te les chercher jusqu'au Mexique.

—J'y compte bien.

— Mais c'est moi ou la photo a déraillé ?

— Non mon grand loup, ce sont des jumeaux.

—Merde alors…Vous allez me rendre fou tous les quatre.

— C'est le plan.

Il repasse ses mains autour de ma taille et m'attire rapidement sur son torse.

— Mademoiselle Pears, il va falloir que je fasse de toi une femme honorable.

— Qu'est-ce que tu veux dire ?

— Épouse-moi Morgane !

Qu'est-ce que je peux dire de plus, je suis dangereusement à cet homme depuis le premier jour.

Fin

Souscrivez à notre Newsletter
et recevez une histoire
romantique
GRATUITE !

Entrez l'adresse ci-dessous dans votre
navigateur :

http://bit.do/livrespassion_news

ou utilisez le QR-code ci-dessous :

Et retrouvez-nous sur Facebook :

https://www.facebook.com/livrespassion1

ISBN : 9798394536618

Printed in France by Amazon
Brétigny-sur-Orge, FR

21104992R00128